O —
editora Urutau

rua maestro demétrio kipman, 210,
jardim américa, bragança paulista — sp,
12902-130, brasil

avenida peirao besada, 6 - 2D
36163 poio-pontevedra
(espanha)

[+34] 644 951 354 [espanha]
[+55] 11 9 4859 2 426 [brasil]

www.editoraurutau.com.br
contato@editoraurutau.com.br

[EDITORA]
debora ribeiro rendelli
[COORDENAÇÃO DO PROJETO]
tiago fabris rendelli
[REVISÃO]
juliana palermo
[CAPA]
victor h. azevedo
[DIAGRAMAÇÃO]
victor prado

dados internacionais de catalogação na publicação (CIP) de acordo com ISBD

tavares, léo.

T231c o congresso da melancolia / léo tavares. bragança paulista, sp: editora urutau, 2021.

140 p. ; 13 x 19cm.

ISBN 978-65-5900-046-3

1. Literatura brasileira. 2. Contos. I. Título.

CDD 869.8992301

2021-1210 CDU 821.134.3(81)-34

elaborado por vagner rodolfo da silva - CRB-8/9410

O CONGRESSO DA MELANCOLIA

LÉO TAVARES

[primeira edição]
junho de 2021
URUTAU

SUMÁRIO

PAISAGEM

AUTORRETRATO

NATUREZA-MORTA

De repente, fui colocado neste prado verde; mas uma voz clamou acima de mim: "Criai nomes para cada animal, de acordo com a tua vontade!"

E, veja, todos os animais da Terra vieram e passaram diante de mim, um de cada vez, tão logo Deus lhes exortara. E eu dei a cada um o seu nome, assim que se aproximaram, do maior ao menor, do elefante ao verme. E então observei a nobreza com que se afastaram, porque o homem lhes tinha dado um nome.

MALER MÜLLER, *Adams erstes Erwachen und seelige Nächte*

PAISAGEM

LOBUNO-AZULADO FANTASMA

O avô segurava o olhar na distância máxima, desafiando a catarata. Miro do lado, ambos sentados nos degraus de tábua do alpendre:

Cabalo bonito, o lobuno.

E agora, no canto do olho de Miro: a estradinha de terra batida irrompeu num susto. Ele guiou o carro pela fileira de salgueiros, nem devagar, nem muito rápido, o suficiente para um relance. Um segundo depois já tinha perdido de vista o estreito caminho escondido entre as ramagens. Mas basta um vislumbre para que a memória salte quilômetros e décadas e o olho de dentro sobrevoe uma paisagem antiga.

Miro entendeu, como se visse, que a estradinha da sua infância se descolava como fita crepe por baixo dessa do presente. Os salgueiros iam sumindo com seus cachos lastimosos e o dia já não era de sol. Ele se lembrava da casa e por isso a via, numa visão justaposta. A casinha de amarelo mortiço descascado sobre as tábuas. E o princípio de noite que era sempre, no campo, uma eclosão de mistérios entre os fundos e o matagal além, que se apagava. Essa lembrança não era somente uma imagem meio trêmula, de panorama. Vinha, ou começava a aparecer – ele pressentia antes mesmo de ouvir no fundo da mente o nome da pessoa –, uma rememoração do episódio envolvendo um velho estrangeiro de tudo, chamado Firmino, e o seu cavalo lobuno-azulado.

Cabalo bonito, o lobuno, dizia Lopes, o avô, agora e antes. A voz pegava força para se aproximar do ouvido de Miro, ali, enquanto ele dirigia, mais ou menos consciente da estrada à frente. E era como se reconhecesse a fisionomia do avô a se formar a partir da velha testa. A expressão nas rugas de quem sabia ver o que não estava lá, coisas fremindo entre a ausência e a presença no descampado aberto. O jeito solene de falar sobre as coisas da natureza. O campo da infância de Miro, com árvores fincadas em lonjuras, o céu cinzento de começo de inverno, a porteira escancarada da chácara...

No alpendre, Miro volteava a cabeça para o Leste, para o Norte, para o Oeste. O velho tinha falado de um jeito que anunciava a beleza chegando, e ele procurava. Quem sabe ouviria o galope, mas nada.

As pessoas da família diziam que o velho Lopes tinha vidência, que ele sabia das coisas que não eram só as coisas da terra e do ar, apesar de que em saber dessas ele também era bom. Que ele algumas vezes tinha ouvido vozes, em momentos que anteciparam grandes acontecimentos, e que ele também enxergava os que já tinham morrido, e que por algum motivo permaneciam na errância.

Miro se arrepiava quando o velho soltava essas frases que não tinham ajuste no viver da hora. Há pouco falavam das laranjeiras, de como tinha sido escassa a safra em comparação com a do ano passado. E então o velho Lopes enrolava um palheiro, aplicava a saliva no canudo recém-fechado e tudo ia silenciando: os movimentos da mão se suspendiam em fixações estranhas, o pé se retesava sobre a terra. Os olhos embaçados estaqueando para além da porteira, a língua muito antiga em seu retorno para dentro da boca.

Cabalo bonito, o lobuno.

De noite, depois que o avô já tinha se retirado para o quarto pequeno nos fundos, Miro entregava à mãe o prato esvaziado da janta e perguntava, os ombros encolhidos pelo crepitar da casa que, à certa hora, parecia se cansar dos pregos e dos reparos e entrava em estado de lígnea inquietação:

Aqui na chácara tem cavalo lobuno?

Não tinha, não que tivesse visto, respondia a mãe. E depois que o pai tinha chegado da lida com o gado e reafirmado o não ter, todos foram dormir sem que Miro tivesse dito o que ouvira do avô. Um cavalo lobuno andava pelas redondezas. Se lhe fosse permitido, afirmaria que o avô *vira* o cavalo, tamanha a sua impressão de que as palavras do velho eram da ordem da descrição e não da conversa fora. No fundo, ele não sabia ainda, parecia mais com a entonação dos vaticínios.

Muitos dias se passaram sem que o avô tornasse a mencionar o tal cavalo. Até que começaram a rumorejar nas vizinhanças palavras sobre um peão que tinha aparecido atrás de trabalho. Miro lembrava de ter soltado a pergunta. O que era um cavalo lobuno? As costas do pai emudeceram sob a camisa suada, ele largou a enxada perto da porteira e respondeu, sem pressa. Era um cavalo de pelagem desbotada, um cavalo cinzento, *um que é cor de burro quando foge*, disse, na sua voz baixa e de língua pesada, no jeito de falar mastigado que os da casa tinham aprendido a decifrar. Quando se agachou para segurar os ombros do filho, a voz se tornou um pouco mais clara, como se as letras tivessem vencido um enguiço:

Tu não andou pela fazenda dos Xavier, Miro? Tu não dá ousadia pro peão que anda por lá.

Miro queria do pai algo como um porquê, mas não perguntou nada. A voz do pai calava muita coisa em Miro. Veio o sentimento que ele não compreendia, era o de carregar uma culpa por algo que não lhe diziam o que era, mas que, em casa, desaprovavam com gestos. Tentava entender a própria reação, talvez ficasse mais confuso com o próprio jeito do que com o jeito do pai. O tom de repreensão do pai naquele momento tinha sido o mesmo de quando ele baixava com peso de mão e amuo de rosto o pulso de Miro na hora do jantar, a brutalidade se fechando sobre a delicadeza distraída, a graciosidade involuntária que o pai dizia não lhe caber. Mas Miro ainda não podia enfrentar o pai, ou a si mesmo. Por enquanto era melhor aquietar as coisas que não se dão a entendimento de origem.

Mais tarde lhe disseram, foi o boiadeiro Jerônimo quem lhe trouxe a informação, em voz de suspense e gravidade: tinha aparecido um homem esbaforido, chegado a cavalo na fazenda dos Xavier. Dona Maria Antônia deu serviço ao forasteiro. Era um homem velho, de sotaque diferente, que ninguém nunca tinha ouvido ou sabia dizer de onde era, *chegou e disse à viúva dona Maria Antônia que tinha fome e sede, que vinha sei lá de que bandas, queria trabalho e a mulher deu.*

E, no passar dos dias, o povo das redondezas começou a contar, de boca em boca, que tinha acontecido um crime na cidade, e que o suspeito tinha sumido no mundo. Começaram a dizer que esse homem, que andava pela propriedade dos Xavier fazendo de tudo um pouco, agraciado pela bondade de dona Maria Antônia, viúva recente e precisada de auxílio, era um fugitivo da lei.

Não demorou para que os homens dissessem que as mulheres andavam assustadas, não demorou para que as próprias mulheres dessem palavra de confirmação. Passaram a vigiar as crianças, todos tinham um modo novo de se mover, mais lento, sussurrando as palavras sob uma atmosfera de espreita. Os dias começaram a se preencher de palpites e premonições, até o ar estava mais denso e mais quieto. Quando o velho forasteiro, que se chamava Firmino, passava montado no seu cavalo cinzento, todos o seguiam com um jeito desconfiado e uma sombra no rosto. Uma noite o avô de Miro disse, solene:

Tem coisa ruim rondiando. Tem coisa ruim rondiando.

E os tios de Miro pediram que se ouvisse as palavras do velho Lopes, que se tomasse a palavra do velho Lopes antes que fosse tarde demais, *porque ele sabe o que diz*. E na hora de dormir Miro escutou pelas tábuas que separavam seu quarto do quarto dos pais, tão clara a voz da mãe quanto era claro o feixe de luz que rasgava fresta na madeira, qual tinha sido o crime de Firmino. Uma criança tinha sido morta na cidade, um menino. Tinham violado o menino, abusado do corpo, antes de morto e depois, fizeram atrocidade que não se podia imaginar. Justiça tinha que ser feita, *os nossos filhos correm risco, a justiça tem que ser feita*. E o pai de Miro mastigava a justiça na voz caudalosa. O que a raiva fazia com a justiça era deixar escapar letras pelos dentes, o que restava dela se empelotava na garganta.

Naquela madrugada mesmo começaram a se movimentar dentro das casas, a sair das camas, os homens saíam das camas calçando botas e abotoando camisas, e as mulheres espiavam das janelas. Um grupo de treze ou quatorze ou quinze se reuniu perto da encruzilhada e rumou para os lados da fazenda Xavier.

Os relatos dos dias que se seguiram vinham quebradiços, estilhaçavam-se entre a veracidade e a cola do ornamento que a cada vez lhes aplicavam. Só muito depois que Miro entendeu completamente. Ia lembrando de espinhos soltos pelos outros: *o jeito do velho*; *é um homem esquisito*; *tem fala fina*; *combinava melhor pra fazer serviço de cozinha*; *não parece macho*; *pederasta*; *é transviado, certeza que é transviado isso aí*. E Miro ia despertando, ia lembrando da culpa que ele mesmo sentia quando ouvira cada uma dessas palavras, proferidas naquela ocasião e em outras; do sentimento de ter sido pego, o sentimento de que, mesmo sendo uma criança, ele era também um monstro, tão cruel e tão assassino quanto o velho Firmino, tão estuprador e pervertido quanto aquele velho, e todos veriam, e mais cedo ou mais tarde o fim de Firmino seria o seu fim. Igualzinho.

Enquanto dirigia, agora, tentava afastar os estilhaços. É preciso prestar atenção, prestar atenção no caminho, não perder a entrada para a rodovia principal. Mas eram imagens com som, imagens de muitas vozes. A história do velho Firmino insistia em não ser rechaçada. Era como se dissesse: você não quis pensar nisso esse tempo todo, mas aconteceu e...

Eles mataram o velho Firmino a pauladas. Cabos de enxada, ancinhos, o pai de Miro enterrou uma enxada toda vermelha, de um escuro tinto, atrás da casa. E também a pedradas, chutes, nacos grossos de terra. O rosto tinha ficado irreconhecível, e o ombro direito afundara no chão como se o tivessem plantado ali. *Deus me livre*, disse dona Maria Antônia, quando soube que se tratava de punição, punição pelo estupro e assassinato de um menino de cinco anos. *Está vingado, a justiça foi feita*, disseram outros. O cavalo lobuno de Firmino assistiu a tudo, relinchou, deu coices no nada, arrodeou treze, quinze vezes o corpo do dono. E, não vendo a dor do cavalo, ofereceram-no à patroa de Firmino, que não o quis, *não dá boa coisa, não quero o animal aqui*. Quem sabe ela tivesse pressentido, como o avô de Miro, que o mal rondava aquelas fazendas, e que o fim da injustiça não se tinha consumado, afinal, naquela vingança de homens.

Jerônimo levou o cavalo embora. Mas, dias depois, veio até o pai de Miro, tarde da noite, muito contrariado, conduzindo o animal. O cavalo parecia que nunca tinha sido domado, ele dizia, fazia medo nos outros cavalos, *não o querem por perto, é bravo, nunca vi bicho tão arredio*. Miro teve vontade de pedir ao pai que não o aceitasse, que mandasse o homem embora com o cavalo, mas o pai se adiantou na recusa, estava tão desconfiado quanto ele. O animal lhes deu as costas e se foi com o homem, resfolegando soturno, uma sombra azulada percorrendo o corpo, do pescoço à garupa.

Matei o lobuno, Jerônimo contou quando o viram de novo. *Ele arrebentou o estábulo, cavalo louco. Peguei ele na madrugada me olhando pela janela, me medindo, me testando. Bicho do demo. Agarrei na espingarda e fui atrás dele.*

Em poucos dias chegou notícia da cidade. Tinham prendido um homem, o verdadeiro criminoso, na rodoviária de uma das cidades vizinhas. Ele tinha confessado. Na casa de Miro proibiram que se falasse no assunto. Quanto ao velho Firmino, ninguém de fora jamais passou por ali procurando por ele, ninguém jamais quis saber seu paradeiro e todos de dentro ficavam em estado de agitação, mudavam de assunto quando alguém falava sobre o caso.

O velho Lopes continuava a enrolar seus cigarros sentado no alpendre quando o sol esmorecia, continuava a soltar frases voláteis em direção às grandes distâncias que avistava, quando, uma noite, ao se preparar para vencer a teimosia dos ossos, chamou Miro, apressado. O neto veio, de dentro da casa, e olhou no rumo que o velho apontava.

Tá repreendido, dizia o velho.

Atrás do arvoredo mirrado, um cavalo lobuno-azulado volteava, sem arreio e sem sela, empinando o focinho para o vento, guiando o dorso em direção ao desaparecimento, colina abaixo.

Nas vizinhanças começaram a contar de aparições noturnas de um cavalo lobuno-azulado, sem arreio e sem sela, que parecia vigiar as sebes e sumia nos barrancos e no mato. As pessoas andavam com medo, fechando-se nas casas de noite, e de dia sussurravam sobre o que tinham visto. Miro viu o cavalo mais uma vez, quando tinha chegado o inverno e o orvalho se cristalizava no matagal atrás da casa. Do outro lado da sanga, o lobuno-azulado se inclinava sobre a água, mas essa não lhe devolvia reflexo. Ele, o cavalo, teve ciência da presença de Miro. Ergueu a cabeça cinzenta, o olhar firme em sua direção, e de longe Miro viu que o animal sabia. Mas o quê? Isso era o que não conseguia divisar. Escavava no pensamento uma resposta lógica, mas o que ia se formando no seu íntimo era imagem: a imagem de um cavalo azulado; um cavalo lobuno-azulado que sabia, que de algum modo prestava condolências e partilhava com ele um vazio.

Passaram-se anos sem que Miro se voltasse para aqueles tempos. Sem que com isso tivesse esquecido por um dia a existência do crime, o assassinato que tinha se entranhado na história da sua família. Depois que saiu da fazenda e foi estudar na cidade, era como se Miro tivesse perdido os parentes de vista. Nunca os visitou, não procurou saber deles, que sequer tinham o seu endereço. Mas, quando dormia, sabia-se cúmplice de uma coisa nefasta, e em muitos sonos o cavalo lhe retornava.

Merda! Entrei errado, Miro se repreendeu com um soco que ia de encontro ao volante mas se dissipou no caminho. *Retorno a 500 metros*. Olhou pelo retrovisor a entrada certa ficando para trás, a que o levaria ao seu destino. E estava atrasado para o seu destino, constatou, olhando o relógio no visor do rádio. *Congresso da Melancolia*, diziam as letras em itálico na capa do *folder* sobre o banco do passageiro. E, sob o *folder*, o envelope com as páginas da sua palestra: *Presenças de Saturno na arte contemporânea: repetição e metáfora na série "Lobuno-azulado"*.

A sanga e o matagal atrás da casinha amarela não tinham perecido em algum ponto da estrada. Aquelas imagens tentavam seguir o carro, vinham no seu encalço, mas não podiam tanto. Tinham medo de avançar demais e abandonar seus domínios. Fora deles, fora da circunferência daquelas fazendas, já não exerciam o poder que anos atrás detinham. Enquanto o carro seguia em direção ao próximo retorno, Miro já reencontrava o conforto de não se lembrar direito do rosto do velho Lopes, nem de sua voz, nem de seus augúrios. Olhava a estrada adiante e tinha vontade de aumentar a velocidade. Decidiu. Não iria ao congresso, que se danasse o congresso. Teria que falar dos cavalos, as presenças equestres que eram o tema do seu trabalho, de todo o seu trabalho. A fantasmagoria. A memória. Em cada pintura, o crime oculto reverberava. Não poderia dizer nada, talvez nunca tivesse coragem. Talvez fosse tudo material de memória que só se dá à pintura, nunca à palavra.

Lá fora, os campos ondulavam em câmera lenta, e em câmera lentíssima cavalos cinzentos corriam, tentativa esgarçada de alcançar o carro. Então se dispersavam no verde.

O SALTO DOS BISÕES

Precisava falar com Laura. Dizer alguma coisa, esticar aquele fio emaranhado que as unia, ou cortar o fio de vez, usar os dentes ou qualquer outro instrumento à mão. Rose olhava para o fim de uma gradação que tinha começado em sexo e terminava em descaso. E reunia alento, reunia ímpeto para falar qualquer coisa. Existia, de fato, um fio? Uma gradação de cor tinha acabado ou simplesmente o cinzento-minguante se prolongava, recusando a vez do branco-nada? Agora tinha dúvidas. Uma motivação para a fala.

Mais um congre...gresso juntas, hein, Lau...ra-aura, disse afinal, meio sem fôlego, um suspiro tinha irrompido depois do nome da outra, truncado, a reboque da frase.

Laura levantou uma sobrancelha, a visão projetada sobre a tela, sem desviar, a tela que o dedo indicador alisava e fazia descer imagens.

Aham.

Rose estava disposta a insistir. Precisava estabelecer um diálogo, não seria possível que atravessassem juntas mil quilômetros, lado a lado, com aquela barreira. Nem que quebrasse o vidro, arrombasse o espaço de Laura, nem que a chacoalhasse, que a esganasse, se fosse necessário, se fosse inevitável. Porque às vezes pensava que seria. O problema era vencer o medo, a intuição da ruptura definitiva, a possibilidade de derrota absurda, de humilhação.

Lendo algo-algo interes...sante?

Só vendo... Facebook, Instagram...

Ah... Laura... E aí, você vai-ai falar sob.. sobre aquelas pinturas-turas dos... bisões?

Aham.

Eu fiquei... pensan...sando naquelas-elas... imagens que você me... mostrou.

Pensando o quê?

Na tristeza... que tem na...naquilo... quilo.

Rose só tinha usado essa lembrança como artifício. *Ao menos recebi uma pergunta dela*, pensou, tentando afastar de paredes interiores as imagens das pinturas, que representavam manadas de bisões-da-planície em uma corrida desenfreada por formações de falésias: uma quantidade monumental de animais se arremessando de precipícios. Laura tinha lhe feito uma pergunta, ela tinha respondido. Mas não era como se Laura esperasse um desenrolar, um desenvolvimento do assunto. Simplesmente não havia o menor interesse, a comunicação estava falhada, desde o começo era um grande ruído, um trotar de casco sobre pedra. Laura estava satisfeita com a resposta, era o mesmo que botar um ponto final, estancar uma coisa que começou a verter com uma pressa de represa. A verdade era que a comunicação entre elas se dava melhor com as mãos e com as bocas: *a linguagem no corpo de Rose não é gaga*, avaliava Laura.

O dedo de Laura fazia rolar a tela do celular em movimentos decididos, a expressão se mantinha impassível, era enfado ou irritação mal contida, uma corda retesada de ventríloquo que manipulava o arqueamento da sobrancelha e que deixava exposta uma ruga acima: seta sutil à espera do livramento do arco. E qualquer palavra de Rose aliviaria o arco, lançaria a seta.

Laura achava por demais delicada a imagem de Rose, e a evitava quando não necessitava dela: o lado esquerdo do corpo, braço e ombro, sempre puxado para baixo, era como se o chão a puxasse, não a mochila. Agonizava ao ter que aceitar o que Rose dizia com a voz: a voz que era inábil em dizer coisas veementes, o som que não saía, e se saísse haveria o incômodo da gagueira, a insistência das últimas sílabas em se repetirem, em se duplicarem, em virarem ecos ou simulacros e distorcerem nisso a ideia, deturparem assim a ideia, até que certas coisas, mais solenes, mais emotivas ou mais instantâneas tropeçassem no próprio sentido.

Era sofrido para Laura cultivar a empatia, exercitar alguma paciência. Rose gostava de fazer troça de si mesma, era seu jeito de desafiar o mundo, de dizer ao mundo que ela tinha ciência do próprio distintivo. Isso de algum modo era um desafio, algo que se ativava tanto pela comiseração alheia quanto pela detecção de um desprezo. Ela contava que não podia dar um susto em alguém. Que falaria, de supetão: *te peguei-guei*, e que seria engraçado, que seria talvez esquisito. Contava que se imaginava vestida de policial de filme americano: *você está preso-eso em nome da lei-lei!* E que então o uniforme lhe aparecia diante dos olhos como uma fantasia de festa de criança, uma roupa de palhaço: ela era o centro, quepe inclinado na cabeça e cassetete de borracha. Sim, Laura concordava internamente, querendo que a outra se calasse: *ela sempre vai ser o alvo, se falar*.

A interrupção certeira da fluência era impedimento para qualquer expressão urgente, Laura estava convicta de que Rose só poderia, portanto, recorrer à fala em momentos de calmaria, jamais em trânsito apressado, jamais em jorro e eloquência. Não podia se dar ao luxo do equívoco, à liberdade do desvario, porque era grande demais o risco do riso, do julgamento, da comiseração. Quando Rose falava, Laura pensava em graus altos na escala Richter. Não podia sustentar os silêncios constrangedores, os outros se calando depois dos abalos sísmicos, as palavras de Rose ressoavam, sílabas em verbo telúrico, perturbação física das coisas... E, no entanto, com o corpo ela era doce. Com o corpo ela dominava, pacificava, finalmente, a linguagem. Laura estava convicta de que algumas pessoas não deveriam mesmo dizer com o verbo o que quer que fosse.

Cada pessoa fadada a uma repetição, aprisionada a uma corrente de ecos, de retornos, cada pessoa repete uma coisa ao longo da vida, e algumas afirmam, outras repetem perguntas, há ainda pedidos de socorro e exortações, tentativas falhas de diálogo, o emitido que se perde no ar ou que só alcança os corpos na forma de rastro irradiado. Há repetições cancerígenas e há repetições de repetições de repetições. Coisas que se esvaziam no encadeamento. E coisas que se desprendem da corrente, que se desencadeiam, seguem rumo próprio, ondulam por baixo do turbilhão, planam acima do fluxo de vento, encanam mais à frente ou se disfarçam de originais no mundo. Repetições estéreis e repetições de proles. A história é repetição, o cosmos e as defecações são repetições, os soluços são cíclicos e são cíclicas as coceiras mais constrangedoras.

E Rose agora coçava o canto da boca, enquanto Laura antecipava a própria irritação e a certeza de que acabara de atingir um ponto limítrofe. Confirmava, sem olhar para o lado, o desaparecimento de qualquer desejo naquela escuta de um corpo que, por fim, se igualava à voz. O corpo de Rose finalmente tinha se tornado ininteligível e enfadonho. Agora fazia jus absoluto a tudo o que Laura não tolerava: as coisas lhe davam asco quando eram por demais trêmulas ou confusas, quando eram pruriginosas.

E na angústia do movimento, enquanto tentava desajeitadamente se livrar da coceira, Rose permitia que tudo desmoronasse ao mesmo tempo, mochila e corpo. De canto de olho, Laura tinha se tornado espectadora incrédula: acompanhava a luta das unhas de Rose com a persistência do prurido, e nenhuma conivência seria possível.

Ô, Rose, que agonia que dá essa merda. Tá com piolho no buço, caralho?

Foi-foi mal, Laura-aura, foi mal, parei-arei.

Rose se repetia, claudicante, detestando o próprio som, as próprias desculpas, encolhida. Laura, a seu modo, também se repetia, olhando o celular e soltando vogais de reprovação aqui e ali.

Cuida a tela aí dos voos. Olha o número do nosso voo.

Rose acatava, estudando o painel eletrônico diante delas. Tinha as mãos entre os joelhos, ofendida, e agora seus ombros desciam e desciam em velocidade geológica. De repente se deu conta de que tinha o rabo de cavalo completamente desgrenhado, ao pescar a própria imagem no balcão lustroso da lanchonete. E a própria imagem lhe trouxe de volta a razão da sua presença diante da outra. Tinha que adquirir resolução também, ganhar firmeza à força, imitar a confiança e até mesmo a hostilidade. Deixou de estudar o painel eletrônico para estudar a postura de Laura. Estava no encalço do jeito, olhando um dedo. O cinza não rumava para o branco, havia um descontrole na sequencialidade das coisas, um desvio para o vermelho. Tinha vindo determinada a escavar de si alguma coragem, e seria agora. Em pleno desencanto.

Rose olhava para o dedo de Laura, mantinha-se olhando. Lá adiante, no piso brilhante, bem na frente de uma porta de banheiro, um sorvete se desmanchava muito lento, espatifado, espalhava-se assomando para todos os lados, e as pessoas desviavam dele com um susto exagerado, uma cautela desmedida. Rose observava tudo com a tristeza dos que simplesmente desertam, os que atingem aquele ponto exato da deserção, e então retornava para o foco sobre o dedo de Laura: do sorvete derramado para o dedo em riste, era o mesmo pesar que sobejava tudo, e o dedo descia convicto e continuava deslizando sobre a tela, e era algo que lhe trazia a imagem da vagueza de um nazista que acaricia uma marta-zibelina, sim, um nazista que assiste a um vilarejo queimar com uma impenetrável marta no colo, um animalzinho de olhos esbugalhados a soltar pequenos silvos de desentendimento. Quem é o nazista, quem é a marta? Cadê o fio? O sorvete arrefecia e se expandia, e era com essa ciência do abandono que o corpo de Rose se descobria em marcha.

Muita... coisa legal-gal aí? Sabia que isto era vago demais, que soava desinteressado demais, e que sua voz era um fiapo agora, um calhambeque sem gasolina arfando planície adentro, e não havia esperança. Mas aquiescer ao silêncio ainda parecia pior.

Nem... Bobagem.

Eu-eu saí do Facebook-book. Você... viu?

Não.

Saí-í. Cans...sada, sabe, de rede social-cial, de notícia, de cur...tida-ida. Curte-urte, ama, tem rai...va, fica... triste. Rose riu sem muita vontade e era também de si mesma. Laura apenas concordava com a cabeça, como acenaria se Rose tivesse acabado de lhe dizer adeus. *Do Ins-insta...gram também-bém. Saí.*

Hum... Eu tô lá ainda.

Você não a... acha cansativo-ivo, Laura?

O quê?

Essa coisa-oisa de-de... rede... social, de-de ficar curti...indo tudo-tudo dos outros... o tem...tempo inteiro.

Eu não curto. Digo, não curto as coisas dos outros o tempo inteiro. Você tá olhando o painel? Já apareceu o nosso voo?

Rose olhou para o painel. Sentia uma coisa nova, queria entender o que era, queria achar o caminho da raiva dentro do emaranhado. Percebia que o medo se esvaía, que ele dava lugar a uma espécie de cansaço, que não é bem o cansaço final, não é ainda, é – por enquanto – uma preparação para, um ensaio do. Um cansaço que é *por enquanto*. E tinha uma gana de falar que não era mais vontade de conciliação, era talvez despeito, talvez desejo de testar a si mesma enquanto empurrava a outra, enquanto se empurrava para algum lugar de risco.

Apar...eceu-eu. Temos vinte-inte... minutos... antes de entrar.

Aham...

Então aconteceu. Rose viu os próprios movimentos antes deles se manifestarem, como se tivesse presciência das pequenas coisas, vidência apenas do imediato, do inevitável do agora, e por isso não teve qualquer receio de se virar para Laura. Até então estiveram perfiladas, ela parecia uma cópia da postura da outra, uma cópia que queria aprender a raiva. O original e o fac-símile. Mas o *xerox* ganharia vida, mudaria o sentido do texto primário. Ia crescendo alguma firmeza que nascia de abocanhar, de canibalizar a firmeza da outra. Talvez fosse a hora do palimpsesto. Cunhar sobre aquela superfície muda e dura uma outra grafia, um outro gesto, uma outra mulher em cima daquela, em vez daquela, no lugar daquela. Ver uma outra mulher, ter diante de si e para as suas mãos, para a sua voz e para os seus ouvidos uma mulher totalmente diferente de Laura. Apagar Laura, fazer com que seus rastros não pudessem ser encontrados. Depredar sua imagem. *Rose, a iconoclasta de Laura*, pensou, quase sorrindo ante a ideia. Permitiu que os ombros relaxassem e subissem de volta para onde deveriam estar, que retomassem o seu percurso de eras, retrógrados, que o queixo finalmente se desse conta de si e acompanhasse os olhos e não os pés, e que os cabelos se desgrenhassem ao menor movimento, à vontade, à revelia dela, que se convulsionassem por dentro da presilha e seguissem, à força, em obediência à própria e interna imagem, qualquer uma das direções cardeais.

Rose voltava a ver os bisões, despencando em cascatas das falésias altíssimas, escarpadas. Homens de povos milenares no encalço, conduzindo-os ao abismo. As coisas selvagens domadas, as civilizações, sem antever a tristeza, mirando o auge, o ápice que antecede a derrelição e o desaparecimento. Mas aquelas pinturas, ela finalmente admitia, ela finalmente ponderava com vontade, pareciam desde sempre traiçoeiras, não ardilosas em seu potencial de ocultar e revelar, apenas momentaneamente enganadoras, como ficções do descuido, despreocupadas com qualquer magia ou verdade. Sem mito, dizia-se e se repetia, simplesmente sem mito, e sobre aquelas pinturas tinha novos impulsos de adjetivação: via-as em sucessão, como em galerias que não as comportavam bem, porque eram feiosas e apressadas, sim, pinturas cismadas em seu anseio pela parecença, pinturas meio tacanhas, até.

Laura.

Laura enrolava uma mecha de cabelo no dedo que estivera a acariciar a tela, a mecha se espiralava sobre o olho direito e volteava a ruga irritadiça, iluminava a irritação, chamava, como se dissesse: *me golpeia, aqui, bem aqui, neste ponto.* Ao mesmo tempo firme e intangível, como era possível? Distante e incomodada: continuava olhando para a tela, as pernas cruzadas, os pés balançando, balançando, e não respondia.

Laura.

Rose, eu tô lendo uma coisa. O que é? O celular descansava sobre os joelhos de Laura e elas se olhavam. *Fala, caralho.*

Você... você quer-quer mesmo que eu-eu vá nessa-essa via... viagem com-com você?

Um suspiro fundo entrava pelas narinas de Laura, as narinas exasperadas de Laura, depois o ar desprendido em velocidade, descartado como se fosse um fardo, como se fosse um entulho. E as palavras, pausadas, firmes.

Olha, Rose. Quando você comprou a passagem, meses atrás, eu queria. Eu acho. Mas depois. Depois eu acho que você não entendeu direito que a gente. Que a gente não... E ontem você não entendeu direito que não, que eu não queria que você viesse. Mas você veio. Então é com você. Mas eu já te disse, Rose. Está dito.

Laura... O coração de Rose se debatia em algum lugar oco. Ela sentia o som de alguma coisa caindo por dentro, alguma coisa se debatendo no vazio, nas paredes do vazio, descendo, descendo. O corpo todo dizia, gritava coisas, os cabelos viam muito e por todos os lados. Se ao menos Laura tivesse mantido o olhar, se não tivesse retornado para a tela, se o dedo não tivesse recuperado o mesmo movimento de antes, o movimento seguro e descompromissado de antes, maquinal e distante, lógico e tão ofensivo.

E os bisões voltavam, as pinturas do Salto dos Bisões voltavam. E Rose tentava se concentrar no que dizia e que não parecia afetar muito a percepção de Laura, a relação de Laura com a situação, com ela, com um corpo que dizia, em palavras fraturadas, o alquebrado movimento da sinceridade, da autoestima desbastada. Rose tentava se concentrar em tudo aquilo, mas os bisões continuavam caindo. E um fato tinha acontecido, tinha acontecido uma coisa que era isto, dureza e distância: a mulher que pintou os bisões se matou no ano passado. *Como alguém que pintou algo assim se mata?* A pergunta lhe vinha, deslocada, e se referia mais à forma que ao conteúdo da obra, era um pouco engraçado, começava a querer rir pensando naquilo, no compromisso sisudo de Laura, em suas teorizações tão encrustadas em citações e referências, em seu jogo da história da arte, movimentos com que saía sempre vitoriosa, lance de dados da ordem da precisão e de seu séquito de falsas dúvidas. Imaginava Laura no congresso, um evento chamado *Congresso da Melancolia*, era tudo muito adequado à situação, será que Laura não teria vontade de rir ao mostrar as pinturas, será que não teria vontade de chorar ao falar sobre a artista que as pintara? Não, ela encontraria modos de se manter imperturbável, a figura dela não era do tipo que desmorona, do tipo que racha. O olhar singular de Laura, sua voz de achados meio irônicos, meio contundentes. Agora a verdade se levantava. Para Rose a verdade se projetava, era protuberante diante de alturas e vinha como lufada, era tudo isso, mas também era comezinha e vulgar, e poderia dizer, observando Laura de perto, que aquela verdade tinha cheiro ruim e cara de cu. Olhava bem para Laura. *É realmente antipática*, pensava. *Amargura, amargura, amargura...* E se dava conta de que Laura estava presa nos abismos, desde a morte da mulher, a pintora dos bisões, aquela que tinha sido a mulher de Laura e que agora era o objeto de pesquisa de Laura. Laura estava presa em sua própria história interrompida, à beira, e quem sabe Rose fosse o homem norte-americano a precipitar a queda, e quem sabe nada disso justificasse em Laura sua inabilidade para com o humano.

Laura. Eu sinto muito por você.

Tinha conseguido a atenção dela. Uma frase lançada, uma frase que não se debatia em pedregulhos e obstáculos, caía em cheio como uma sentença, era um vaticínio recitado em Delfos, há três mil anos. Na escala do atordoamento, Laura tinha finalmente partido do ponto zero para um acordar envergonhado, de quem tenta se situar ou se agarrar a um arbusto. Mas Rose não temia os próprios sismos. Ajeitava a mochila, a alça da mochila pesada de volta ao ombro.

Rose já estava em pé, meio desgrenhada e torta. Orgulhosa. Olhava para a tela do celular sobre os joelhos de Laura. No visor, uma das pinturas da artista suicida. *O Salto dos Bisões*. Os tons marrons avermelhados, os dorsos dos bisões reluzentes, pinceladas que queriam se ocultar e revelavam a tentativa, trabalho de perspectiva, as expressões bravas dos *Blackfoot*, meio cômicas, coragem indômita, pôster de filme de John Ford, vegetação inóspita contra poente dramático.

Essa pintura. Rose ia continuar dizendo, tinha planos de dizer, mas não teve clarividência de frase alguma, o porvir era quase nada, era muito pouco e era desejável, era completamente branco. Ia escavar um sorriso do fundo, agora, o sorriso ia chegar nos lábios, enquanto a outra murchava, se retraía, olhava para a tela e depois de volta para Rose, menção de protesto, de fala, e a voz não vinha, finalmente era a voz de Laura que não vinha. Laura foi ficando distante e turva, foi ficando pequena. Rose virou as costas e se emaranhou entre os passantes, as pessoas iam e vinham. Avançavam para os seus abismos. Laura olhava para a tela do celular, alguma coisa lá de dentro gemia, e a voz não vinha.

DER BLAUE REITER

Apagou o cigarro na beirada da lixeira e deu uns tapinhas nos dois braços, depois outros acima do peito, como quem afofa almofadinhas. Queria se certificar de que os adesivos de nicotina estavam bem fixados na pele. Olhou em volta, figuras embaçadas iam e vinham no interior do aeroporto. O ato de olhar trazia ansiedade e perturbava todos os órgãos do corpo.

Então vamos lá, disse em voz baixa e para si mesma. Motivada por um suspiro, tomou coragem para arrastar a mala de rodas meio capengas, uma delas um tanto emperrada. Passou com pressa pelo portão de embarques domésticos, achando-se desengonçada com aquela mala bamboleante de arrasto. Quando colocou a mala na esteira, deu uma tossida pelo esforço e pensou, buscando ar: *seja o que Deus quiser.*

Sempre ficava nervosa ao passar pela inspeção, mas também se sentia um pouco aventureira. Mesmo sabendo que só estava levando roupas, uns livros e uma pasta com documentos variados, era inevitável que antecipasse, não sem empolgação, um impossível flagra: *vão me pegar e é hoje, é desta vez.*

Em uma ocasião, o sensor tinha ficado vermelho e apitara. Uma funcionária a chamou para um canto e inspecionou cuidadosamente todos os itens da bagagem. Ela olhava para as mãos enluvadas da mulher remexendo em suas calcinhas, depois se surpreendia examinando aquela cara sem expressão, aquela cara profissional, e se controlava para não rir. *Ora, ora, tão sisuda, mexericando nas calcinhas de uma senhora!*

Quando entrava em lojas também se sentia insegura, mas no fundo apreciava que lhe invadisse algum senso de perigo. Tratava de deixar as mãos bem livres ao redor do corpo, nunca próximas demais da bolsa, e a bolsa ficava bem fechada e jogada para trás; estava toda paramentada para a inocência, era inocente e poderia acontecer, numa dessas, de ser injustiçada. Ficava alarmada e fascinada com os próprios pensamentos. Logo que entrava numa loja, tinha vontade de avisar aos vendedores, erguendo os braços e agitando as mãos: *olha aqui, olha, não vou roubar nada, hein!*

Teve aquela vez. Estava com Irma no supermercado e a amiga abrira a bolsa, mostrando-lhe uma garrafa de vinho bem cara: mostrava o interior da bolsa como um mágico ofereceria a cartola. Ela deu um grito de apreensão e incredulidade e passou pelo caixa completamente retesada, ao lado de Irma, que mal continha o riso, e só quando entraram no carro conseguiu tirar o peso dos ombros e falar:

Que horror, Irma! Roubar vinho! Você, uma professora!

Por isso mesmo, Janete!

Ela tinha vontade de rir, agora, lembrando das pequenas enrascadas em que Irma a metia. *Irma...*, quase disse, o olhar parado sobre a alça da mala bamba, uma sombra repentina encobrindo o território da lembrança. Talvez fosse isto: talvez quisesse se provar inocente, e para que desse a prova seria necessário que viessem acusações. Seu próprio nome lhe tirou do transe:

Janete Lima da Costa.

A voz metalizada repetia o nome completo e o número do voo. Ela começou a correr em direção ao portão de embarque, a mala tropeçando pelo trajeto, o fôlego faltando e o corpo cedendo ao cansaço depois de poucos metros. Agachava-se sobre as próprias pernas, as mãos se sustentando nos joelhos, sorvia o ar bem fundo e quando se se sentia apta ao desafio corria mais um pouco, o lenço multicolorido fazendo meneios pelo caminho. Finalmente conseguiu chegar no guichê, esbaforida, ajeitando o lenço no pescoço como se esse gesto desviasse das curiosidades alheias os sons de sua extenuação. *Que sufoco, meu Deus.*

Dentro da aeronave, depois de ter vencido os olhares de curiosidade e de reprovação dos passageiros, figuras mal-humoradas, bem sentadas e de cintos afivelados, e a muito custo ter conseguido sovar a mala contra o compartimento de bagagens, constatou com uma alegria redentora que não havia nenhum outro passageiro nos assentos imediatos ao que lhe era destinado. Atirou-se contra a poltrona com vontade, a cabeça esticada para trás e os cabelos se colando à boca.

Meu batom...

Improvisou um pente com os dedos em garra e ajeitou a franja, depois procurou na bolsa o batom cor-de-rosa para o retoque. Já recomposta, mantinha-se muito quieta enquanto esperava a decolagem, e avaliava satisfeita que estava vencendo a tontura. Quando voltou a se sentir ela mesma, surpreendeu-se arregalando os olhos e até ficou um pouco envergonhada do pensamento que pulou em sua cabeça: *Ai, que vontade de fumar*.

Deu dois tapinhas em cada adesivo de nicotina colado aos braços, depois dois tapinhas nos adesivos prensados junto ao peito. Não resistindo, ou sem muita vontade de se opor ao ímpeto, retirou da bolsa outra cartela de adesivos. Inclinou-se e depois de muito se projetar contra a própria barriga conseguiu colar um adesivo em cada batata das pernas, e, como se a barriga merecesse, pela ousadia, recebeu em cima do umbigo um adesivo também. Três tapinhas, e dessa vez mais fortes.

Toda emplastrada, pensou, querendo dar risada, e olhava para o lado à procura de cúmplices, mas não encontrava ninguém.

A aeronave decolou enquanto Janete passava os olhos pelo impresso das orientações de bordo. Demorou toda a decolagem para concluir que não conseguia ler nada do que estava escrito ali e dispensou a cartela plastificada, querendo que o gesto displicente enganasse a própria inquietação. Tirilintou os dedos sobre as pernas, olhou pela janelinha, não se contentava com a vista, pura massa cinzenta de nuvens e mais nada. Fechou a janelinha, abriu a bolsa e tirou de dentro um *flyer* branco de papel duro e fosco que trazia na capa, em letras pretas e melindrosas, quase cambaleantes, um título:

Congresso da Melancolia. As informações complementares se encontravam na parte de dentro, informações que ela já conhecia, mas a releitura era impelida pelo tédio e para fugir da constatação súbita, embaraçosa, da dimensão de um vício. A vontade de fumar estava lhe deixando mais ansiosa do que o normal, e sua capacidade de concentração sobre as letras ia sendo rapidamente reduzida. Tentava ler a programação do evento, inteirar-se dos assuntos das palestras, afinal, tinha se submetido àquele voo, quatro horas e meia de duração, o que significava quatro horas e meia sem fumar, espremida entre assentos, sozinha, com o tempo a lhe insistir reconhecimento. E o tempo, ela tinha certeza, ia se lentificando de propósito, as horas faziam desfilar uma sucessão de pensamentos que só lhe traziam vontade de fuga.

E a palestra? Meu Deus, tenho que chegar no hotel e terminar de escrever. E se imaginava no hotel, sentada à mesa, o notebook ligado, ela fumando, fumando. Estar em terra, poder fumar. Bem calma.

E Irma? Combinamos que iríamos juntas ao congresso este ano... E agora tenho que ir sozinha. E esse tema! Irma e eu, fumando. As duas fumando. E rindo.

Ela se abanava com o *flyer* e parava para olhar de novo a capa e confirmar o título. Confirmava e expelia o ar para fora das narinas, um riso de desdém inaudível, desses que constrangem as cordas vocais e as fazem desistir no meio do caminho: *Congresso da Melancolia*.

Era tarde demais para desistir, a aeronave voava, ela estava dentro da aeronave como que guardada em um pacote, emplastrada, envolvida em sua placenta de nicotina, voando. E as horas se negavam a avançar, só o avião avançava, as horas não. O tempo suspenso, cancelado, só o espaço em torno, ser no espaço, que coisa esquisita e sufocante, quando o tempo está preso parece que o ar fica rarefeito e as coisas assumem significados desviados, o sentido vaza para este ou aquele lado do real, é uma ultrapassagem ao mesmo tempo que é interrupção do que estava fluindo. Agora se perguntava *o que é Irma?* e a resposta estava próxima da sensação de ter fardos térmicos sobre a pele. E vinham formigamentos estranhos. Tinha os ouvidos entupidos, taquicardia, o umbigo abafado soltando grunhidos, uma boca coberta de fita isolante gritando pra dentro um *me tira daqui* que se tornava gradativamente grave e saía assim:

mmmtiraaanaquiiiiiiiiiuuuummmm!

Fuma, umbigo. Não pôde deixar de rir, achava-se engraçada e um pouco nojenta. Era melhor do que a crise de pânico. De repente ria e ria, mas se lhe tirassem uma foto e lhe mostrassem a foto do próprio umbigo fumando, a bocarra rasgada e branquicenta sugando nicotina, as bochechas infladas ruminando o invisível, ela teria horror, gritaria de aversão, imploraria para descer. *Abram a porta de emergência, me atirem daqui!* E uma nuvem gorda lá fora lhe fumaria inteira.

Pressionou a cabeça para trás, querendo afundar na poltrona, lutava contra o que sentia como despertar excessivo, pensava mesmo que aquele era o grau máximo do despertar, o oposto mais longínquo do adormecimento, o exato ponto antípoda do sono. Foi quando sentiu a presença ao seu lado, a vibração da presença de alguém que detectamos de olhos fechados, uma onda muito sutil de calor roçando um ombro e se entranhando nas fibras da roupa. Levou a mão ao pescoço para tocar o lenço e viu o garoto. Um garoto azul. Uma criança que não tinha mais que dez anos e era azul, o mesmo azul do cavalo da pintura de Franz Marc que ela tinha selecionado para abrir sua apresentação no congresso, um azul iluminado de branco nos pontos em que a pele se lustrava de claridade.

E a primeira coisa que percebeu foi a luz do interior do avião, como era bonita aquela luz, irreal, soporífera. *Mas eu não estou dormindo. Não tenho sono! Queria dormir e não consigo.* E o menino olhava para ela, as pernas azuis balançando no ar, olhava à espera, simpático. Pensou em perguntar se ele era real, em dizer a ele que aquilo era impossível, ele que se desse conta da própria impossibilidade, que se assumisse, *eu sou uma coisa onírica, sim*, mas ela sabia que não se tratava disso, era real e nada poderia ser mais real, e por isso não demorou quase nada para que ela confirmasse que ele era comum, apenas uma manifestação honesta do real, quando o real se desprende de todas essas ilusões da nossa visão, do nosso modo de ver, e se manifesta nu. E, apesar de lhe sorrir muito simpático, ela entendeu que aquele menino tinha trazido algo que era tristeza. A tristeza era azul Franz Marc lambiscado de branco fazendo as vezes de luz, uma luz expressionista que não negava a própria falsidade: o branco era a culpa? *Ok, mas, ainda assim, ele é real*, pensou, observando o pulsar das veias no pescoço do menino. Do instinto e da intuição saiu a pergunta:

Você veio me falar da Irma, né?

Ele procurava alguma coisa nos olhos dela, chafurdava ali. Sem se aproximar um milímetro, parecia que ia conseguindo passagem. E sua voz era baixa e doce como um som de flauta na chuva, chegando de longe, ainda que a poucos centímetros:

É você quem quer falar da Irma... Né?

Pois é, na verdade eu não queria, sabe... Estou seguindo a minha vida e...

Mas ela morreu.

Sim... Morreu. Irma morreu. Precisou assentar a verdade da própria frase antes de prosseguir: *Mas eu estou viva.*

Você quer pedir desculpas. Ele mostrava as palmas das mãos. Janete olhava para o gesto, os dedos azuis à espera. Ela perguntou, e naquela altura não sabia se estava se fazendo de desentendida ou se realmente não o compreendia:

Mas pelo quê?

O menino levantou o queixo, era um pequeno desafio, e então ela cedeu. Sentia que não podia se poupar de nenhuma palavra diante dele, era como se uma confissão fosse sendo atraída por uma música, um encantamento.

Que eu falava mal dela pelas costas. Que eu espalhei pra todo mundo no departamento que ela tinha bafo. Um bafo horroroso... Fez uma pausa. Abriu as narinas, lembrando do odor, e era inevitável qualificá-lo, sentia como se aquilo contribuísse para a própria defesa. Reafirmava para si: sou inocente. *Era um hálito podre... E que nós ríamos, eu e os outros, nós ríamos dela. E muito. Dos penteados. Das roupas. Da fala arrastada. Eu imitava, eles pediam pra eu imitar, e eu adorava que pedissem. Mas na frente dela... Ela me agradecia, sabe? Dizia: Janete, você é tão legal. E sabe de uma coisa?* Não queria chorar e o menino olhava, vasculhava os olhos dela em busca da verdade. Ou simplesmente estava ali para fazê-la sofrer? *Era muito bom estar com a Irma. A Irma tinha todos esses... constrangimentos, não sei explicar, mas... ela era engraçada, ela era corajosa, ela sabia viver, ela não se importava muito. Não pense que eu não estou moída de culpa. Eu me lembro do nosso último café, ela estava bem, eu achei que ia me engasgar de rir com uma coisa que ela me contou. Que ela ia se aposentar e abrir um sex shop, que eu ia ser cobaia dos produtos porque ela tinha que saber o que estava vendendo, indicar para os clientes. Que ela queria trabalhar sabendo que as pessoas iam foder umas com as outras, que era bem melhor do que ver as pessoas fodendo as outras metaforicamente e era isso que ela dizia que faziam lá no departamento. Ela estava de saco cheio. Estávamos, e eu estou aqui e...* Pensar em Irma lhe dava vontade de fumar, e ao mesmo tempo sentia por si mesma uma espécie recém-inventada de aversão.

Agora o menino abria e fechava as narinas azuis e ela sentia que compartilhavam o cheiro de tabaco engastado nas roupas dela. Tinha vontade de dar uma bela tragada enquanto dizia tudo aquilo e ao mesmo tempo se sentia nauseada, com vergonha. Tinha vontade de tomar banho e dormir, acordar limpa. Estava muito próxima de pensar, ainda que por um segundo, que não queria jamais fumar de novo. Quando fumaram juntas o último cigarro, não sabiam que seria o último. Tentava lembrar, tudo parecia incerto. A própria fala seguia, já não tão retilínea, era vacilante e quebradiça, em luta contra a lamentação. *E no dia seguinte um cunhado dela me liga e me diz: a Irma infartou. A Irma morreu. E eu desliguei o telefone e me veio a culpa. Será que ela já sabe uma hora dessas? Será que ela já sabe quem eu era? Se algum anjo ou espírito chegou pra ela e contou tudo... Você me diz? E agora eu só penso nisso e na minha vontade de fumar. Meu pai, como eu gosto de fumar. A Irma também gostava. E eu penso nisso: será que ela já sabe? Me diz, menino, fala pra mim, pelo amor de Deus.*

Ele mostrava um sorriso, um muito breve sorriso que não o comprometia de todo, mas que detonava em Janete pequenas explosões estomacais.

Ela se virou para o menino, queria olhá-lo bem de frente. Segurou os braços dele, opacidade e magreza de galhos. Eram gelados e secos, a sensação era a de tocar uma textura fibrosa que ressecou e ia esfarelar a qualquer momento.

Onde ela está? Diz pra mim.

Ele voltou a mostrar as mãos e em resposta os olhos rimavam o gesto. Ela sentiu a certeza profunda do não saber.

E o congresso? O menino perguntou, já desvencilhado.

O que tem? Ele se segurava no silêncio e na própria altivez de criança que é azul e onisciente. Janete achou melhor escavar de si mesma alguma resposta. *Nós iríamos juntas. Os outros vão estar lá, pelo menos alguns deles, e eu vou demonstrar... Como é a palavra? Consternação pela morte da Irma, vou fingir que nunca... Vamos fingir que nunca rimos, que nunca teve nada, que todos nós fomos bons amigos. E vamos debater a melancolia na arte, vários períodos, vários recortes, várias questões, minúcias teóricas, aquela coisa toda. Mas eu sou a pior.*

A voz dele devolveu, eco:

A pior.

Ela soltou um riso de surpresa. Diante do silêncio, continuou:

Sim... Eu sei que sou, estou dizendo. Balançava a cabeça em afirmativa e desviava dele para olhar as nuvens, era como se Deus fumasse, *é Deus nos fumando*, pensou. *Eu vou falar sobre o Expressionismo. Sobre o* Der Blaue Reiter, *especialmente sobre Franz Marc e seus cavalos azuis. Que se parecem com o seu azul. Você é muito azul como os cavalos de Franz Marc, mais como o azul de Marc do que o azul de Kandinsky. Você sabe o que foi o* Der Blaue Reiter*?*

Meu cu, Der Blaue Reiter. O riso do menino era agora um riso comum, reação ladina de criança pega na travessura. Estava interessado em seu efeito sobre ela e era só um menino. Janete deu uma gargalhada. Achar graça assim, genuinamente, era bom e fazia a vontade de fumar se esconder no meio de tudo aquilo.

Isso mesmo. Isso aí... Sabe, menino... Buscava uma trilha, um atalho para o centro do que queria expressar. *Isso aí. Na verdade... é isso. Meu cu, né? Eu pesquiso pintura há muitos anos. Ih, muitos anos. Não pintura, não pintura em geral. Alguma pintura. No doutorado eu pesquisei esse* Der Blaue Reiter, *a melancolia de Franz Marc. Estou há anos lendo sobre o azul dos seus cavalos, escrevendo, lendo, escrevendo, lendo, dando aulas, orientando alunos, falando do Expressionismo, do* Der Blaue Reiter, *do Franz Marc... Você deve estar se perguntando para que tudo isto... E... eu queria entender o caminho dele para a pintura abstrata. Como ele foi transfigurando tudo, rumando para a abstração, deixando o incontestável da figura para trás. Isso pra mim era como... abandonar a linguagem, a fala, a língua, ir abandonando até que se pudesse transmitir as coisas de um jeito mais instintivo, panteístico. Você sabe o que é isso? E os animais. Os cavalos, e os tigres, e as ovelhas, e os veados, e as raposas... Mas principalmente os cavalos. Os cavalos submergindo uns nos outros, deixando de fazer sentido, indo de encontro ao não-cavalo. Entende? No verso de uma tela, ele escreveu, uma vez: "E todo ser é uma flamejante agonia." Eu me lembro todos os dias dessa frase. É quem eu sou. É isso o que você é?* O menino fez que não com a cabeça, tão vagarosamente. Ela olhava as nuvens, mais uma vez. *Pois, eu sim.*

E é mais ou menos sobre isso que eu vou falar no congresso. Ela estancou o monólogo, por um tempo, pensativa. Não havia tontura, nem dor de estômago. Não enquanto o menino a olhava. *Mas foi a lógica do dizer que nos afastou de Deus... E as coisas, né. Só são elas mesmas quando não se parecem consigo, quando não correspondem a modos de ver que alguém forjou. E eu vou dizer no congresso que isso tudo reverberou na pintura do século, que essa melancolia nunca foi embora da pintura, e que, de fato, está até na arte contemporânea. Mas a verdade é que eu não sei se está. E vou te falar a verdade maior que eu tenho abafado aqui, em mim mesma.* Um tapinha no peito, sobre o esôfago, flauta quebrada sob curativo de nicotina. Aproximou o rosto para sussurrar: *Eu não entendo de arte contemporânea.*

O menino riu, sacudindo as pernas em animação frenética.

Meu cu.

Então. É isso. Sim, meu cu, você está certo. E talvez eu não entenda, de fato, a arte, essa com letra maiúscula. Estou lutando há vinte e cinco anos para entender uma pintura azul que não é nem uma pintura pronta. Um estudo para pintura. E não entendo. E amanhã, no congresso, vou fazer que sim. Como sempre, vou dar o meu melhor pra disfarçar, vou dizer palavras específicas que vão fazer com que todos acreditem. Eles se perguntavam, eles me diziam: como pode a Irma ser professora de arte? Achavam que ela não era boa o suficiente, não era intelectual, não queria ser. E eu concordava, eu ria junto. Agora estou moída, estou ficando azul. Eu sinto que estou ficando azul como você, e que então vou desaparecer. Que sono que está me dando. Rapazinho, não quero dizer mais nada. OK? Agora estou convencida de que é melhor que eu não diga. Eu queria virar uma abstração e não dizer, ser uma coisa que vibra sanguínea na natureza.

Eu queria não ter dado risada. Disse o menino, o rosto azul de traços delicados, andróginos, encerrando-se em consternação. Parecia que a luz rosada do avião se desesperara em direção a um avermelhado escuro, o avesso das pálpebras. Ele parecia segurar algumas lágrimas.

Eu queria não ter dado risada. Repetiu Janete, antes de entrar na escuridão.

No dia seguinte os colegas comentariam. Exporiam sua ausência, que viraria causo repetido em encontros acadêmicos. Contariam que ela tinha sido retirada do avião em uma maca. Que os paramédicos tiveram que descolar um a um os adesivos de nicotina espalhados pelo corpo todo. Que ela gemia e balbuciava coisas sem sentido, diriam que, quando Janete acordou, pediu um cigarro.

No hospital – e isto ninguém ficou sabendo – Janete se entregou a um choro compulsivo. A enfermeira tinha acabado de lhe dizer que recebera alta, que poderia ir para casa.

Mas a senhora ficou triste? A senhora vai pra casa e está tudo bem, todos os exames estão ótimos, dona Janete. Por que a senhora está chorando?

Ela queria responder: *Porque a Irma morreu*, mas não tinha coragem de dizer nada. Como a enfermeira insistia, Janete apenas voltou o rosto em direção à janela. *Parei de fumar*, pensou. O céu lá fora estava muito azul, mas era um tom distante demais de Franz Marc. Nenhuma nuvem, como se Deus também tivesse parado.

ANÁTEMA, O LOBO

Tinha passado por uma placa grande disposta entre dois pinheiros onde se lia, em letras pálidas, *Bem-vindos a,* e logo abaixo o nome da cidade, seguido de *Capital dos Salgueiros, população: 10 mil habitantes.* Foi assim que Silvana diminuiu a velocidade, dobrou a curva e entrou na primeira ruazinha, um corredor de asfalto quebradiço que deveria ser uma avenida, mas suas duas vias tão estreitas pareciam autoconscientes da própria dimensão e preferiram a nomenclatura *rua,* ao menos era isso o que estava sinalizado nas esquinas. Mas Silvana não questionava absolutamente nada na paisagem, seguia como se soubesse para onde estava indo.

Dos dois lados as casas se pareciam, brancas, de telhados escuros e janelas com venezianas, cerradas. Tinham jardins de frente bem cuidados, onde pairava uma escuridão que se adiantava à hora. Avante: quando se dobrava esquinas, uma pessoa se deparava com os largos, o coreto de toldo listrado, crepe e vermelho, e algumas lojas indicando que se tratava da área comercial da cidade. Uma mercearia, uma farmácia, a loja de sapatos, o mercado público, um pequeno restaurante cujas mesas teriam ocupado todo o espaço da calçada, se estivesse aberto. Tudo estava fechado, mas nada se mostrava em esquecimento. Era como se os donos tivessem acabado de partir, todos ao mesmo tempo e às pressas, ou como se tivessem se recolhido para a hora da sesta. Não fosse já fim de tarde.

Havia em Silvana uma sensação incômoda de estar retornando. Um lugar de onde já se fugiu ou de onde já se quis fugir. O estranho, no entanto, era que uma consciência resoluta e como que paralela à sua tinha assumido o controle e dirigia em busca de algum lugar específico. E isso não parecia uma impressão momentânea, confusão fugidia. Alguma Silvana estranha, uma Silvana recôndita, estrangeira e ao mesmo tempo remotamente familiar tinha assumido o controle dos pensamentos, enquanto aquele seu Eu fixado no volante tinha se tornado títere e se limitava a fazer o carro avançar inquiridor pelas ruazinhas estreitas. Não podia dizer exatamente *não me reconheço, não estou me reconhecendo...* Era mais como ser tomada de assalto por um *aí está, finalmente você apareceu, mas em que hora...* De todo modo, era estranho dividir o controle, entregar a condução a esse estado trêmulo de ser que se colava a ela e que parecia não se encaixar direito.

Mais estranho ainda era o fato de pesar sobre a cidade um silêncio de rochedo: nem o ar se atrevia a despertar as folhas das árvores. Tudo parado, sem movimento, mas em plena perturbação. Sem sinal de passagem do tempo. Sim, era isto: a cidade toda lembrava um cenário recém montado e meticulosamente pintado que uma equipe de cinema abandonara.

Silvana abriu o vidro do carro e colocou a cabeça para fora. Ainda restava um pouco de sol. Lá fora a atmosfera não estava diferente daquela do interior do carro. Subiu de volta o vidro, um arrepio a lhe percorrer todo o lado esquerdo do corpo. Enfiou desajeitadamente as mãos sob as mangas do suéter, o volante instável pelo breve desgoverno parecia indicar que até o carro sentia que tinha entrado em território indecifrável.

Ia lentamente por uma rua longa, que acabava numa praça modesta, onde os muitos pinheiros formavam alamedas escuras, manchas verdes com reflexos de cobre do sol que escapava por entre as folhas. Era bonito. Ela fechou os olhos, porque fechava os olhos toda vez que algo a impelia a respirar fundo e porque aquela cidade tinha um cheiro que conjurava coisas remotas, imagens que não sabia explicar, ainda disformes, chegando, talvez fossem fotografias antigas. Sua mente alternava certezas de reconhecimentos com um medo que galopava, que vinha ao seu encontro. O corpo todo começava a responder, calafrios, premonição de ameaça. Não tinha forças físicas para fazer o caminho de volta, pegar de novo a estrada e ir para longe dali. Imaginava a velocidade do carro desarvorado, resfolegante, imaginava e desejava, mas seus olhos iam pendendo para a profundeza escura no fundo da praça.

As casas ao redor eram mais nobres e antigas. Entre um casarão azul de portões altos e um pinheiro esplêndido, havia uma pequena igreja coberta de trepadeiras. Silvana olhou para cima, para o alto da única torre. Era gótica? E viu o contorno da lua, unha amarelecida sobre uma versão de lilás que nunca vira antes no céu.

Aqui, definiu a Silvana resoluta, a que manipulava os gestos, ao que a Silvana remota protestava. *Aqui não! Aqui por quê?*

Como se respondesse *por que sim*, a Silvana-piloto estacionou o carro diante de um poste, abriu a porta com tranquilidade cautelosa e desceu, sem pressa. Caminhou até um banco de ferro escuro, fincado no chão, encapsulado por uma espécie de nicho nos arbustos. Ficou sentada no banco, estava muito gelado e ela, encurvada, olhava em volta.

Eu reconheço, eu reconheço, alterou-se lá de dentro a Silvana-primeva, querendo sair. Havia sim uma fotografia. Uma caixa de fotografias, na verdade. Ela abriu a caixa, era criança, entrara de fininho no quarto da tia-avó, a tia Moça, era proibido mexer nas coisas dela, lá estava desde sempre a caixa de segredos em cima do guarda-roupa. Ela arredou uma cadeira até o móvel antigo, tirou a caixa de lá de cima, colocou o objeto sobre a cama. *Nunca, nunca entre no quarto da tia Moça*, dizia sua avó Maria lá do imo da Silvana-original. *A tia Moça não regula bem*, dizia sua mãe, diziam as primas e as tias, um séquito de mulheres da família advertindo a criança a não dar chance ao perigo. Entrar no quarto de tia Moça seria sair da infância por um corredor muito escuro, um corredor de trem fantasma, emergir do outro lado tocada pelo terror, que era o terror que todos viam nítido alumiando um banco de ferro preto e antigo dentro do olho de tia Moça, um côncavo no breu para onde ela ia quando todos dormiam.

Era uma praça típica de cidadezinha antiga, bancos, caramanchões e um chafariz. Mais adiante, o busto em mármore e bronze de um homem calvo, de expressão sisuda e óculos muito grandes, quadrados. Silvana esticou o pescoço para ler o nome, mas sua atenção foi tomada por dois pontos brilhantes dentro da alameda escura. Um movimento falseante que foi se tornando massa e depois figura. Era um lobo. Um lobo velho, de olhos que lacrimejavam. Um lobo encurvado, que pedia. Estava sentado na entrada da alameda formada por pinheiros e folhagens embaraçadas, a cabeça lânguida empurrava o ar na direção dela. Silvana olhava para o lobo, fixada, como se esperasse dele alguma resposta, algo que lhe explicasse que pesadelo era aquele, mesmo que ela soubesse na certeza entranhada que não estava sonhando. E que era o lobo quem chamava. Queria voltar a ser aquela de minutos antes, a que estava indo de carro para um congresso, onde ia tratar de iconologia, da questão da melancolia e da gravura célebre de Dürer. *Melancolia, origem da linguagem e, mais que isso, pulso da civilização.* Será que tinha acabado de dizer isso?

O lobo permanecia quieto e perscrutador, metade do corpo imerso na sombra profusa das plantas.

A noite tinha chegado completamente. Fazia frio e, além de arrepios nos braços, Silvana experimentava o ápice de uma impressão de desolação, como se o coração tivesse parado. Até as amígdalas estavam geladas. Ela tentou pronunciar alguma palavra, mas todas as palavras congelavam, evaporações da garganta de uma morta. *Mas eu estou viva.* A sua parte de desespero estava quase conseguindo voltar para o carro, fechar o vidro e seguir viagem. Havia como impedimento a Silvana que contemplava o lobo e não sentia frio.

O olhar imóvel de velho selvagem guardava coisas brevemente penetráveis. Parecia ferido e humilde demais para ganir *me ajude*. Atrás dele, dentro da praça, o breu envolvia que trilhas, que caminhos serpenteados? *O verde muito escuro me aguçou o olfato*. Partículas ferrosas no ar, memória vaga de cheiro-parente de cloro, amônia, suor antigo e água de colônia. Tinha certeza de que havia alguma roseira ali perto, talvez dentro da obscuridade. O medo da Silvana-primeira lhe segurava os ombros, deslizava até os braços, procurando as mãos. De repente ela parecia tão pesada, liquefeita e depois soldada àquele banco de ferro. Mas o que o rosto mostrava era uma calma de assombro que passou.

A caixa de fotos tremia nas mãos da Silvana criança, uma lanterna pequenina mirando o papel fotográfico, jateando luz artificial que revelava imagens. O banco estava lá, em uma sequência de fotografias, o banco de ferro preto, o mesmo banco com o mesmo ornamento *art nouveau* ou qualquer coisa parecida, as folhagens espessas mais imóveis do que uma foto é capaz de tornar imóvel, a noite em sufocante sépia, a igreja gótica já recoberta de trepadeiras, tia Moça sentada no banco, olhando para quem está olhando a foto. A praça e a alameda, os pinheiros tão altos quanto agora, e lá atrás dois pontos coruscantes espiando das folhagens. Furos de mercúrio no ruído escuro.

Estou no fim do mundo.

Vamos ficar, Silvana. Mais um pouco.

Alguma coisa muito velha, alguma coisa que estivera bem guardada naquela caixa de fotografias vazaria dela. E era impossível conter.

O recorte de treva que era a figura de tia Moça avançando sobre ela na penumbra, as costas tomadas pela luz fraca do corredor da casa. Os ombros ossudos do corpo muito alto e ereto de tia Moça ladeando a soleira da porta, para a esquerda e para a direita, com seu andar claudicante e veloz. O cheiro de mofo de seu camisolão rendado de um pavoroso bege, as mãos de galhos buscando com avidez o pescoço da Silvana criança, querendo esmigalhar a sua curiosidade indevida. E, antes que viessem correndo avó e tias para arrancá-la daqueles braços, a voz de fritura de tia Moça já tinha se colado ao seu rosto, o papel fotográfico nas mãos da velha já tinha sido puxado bruscamente à altura do seu nariz. *Olha bem isso, olha bem isso, diabinho! Tu vai acabar aqui, está vendo? Olha bem, eu vou te arrastar para dentro, olha! Bem aqui! Tu vai acabar é bem aqui! Com o ectoplasma.* O dedo indicador da velha furava a foto de tanto apontar para a figura, era um farfalhar de gravetos e hálito de rosas, partículas ferrosas.

E a criança viu a tripa branca. A tripa branca e leitosa, na foto, se parecia com um lençol pairando sobre o ombro de uma jovem Moça, um cordão umbilical de luminescência saindo da sua narina esquerda.

Lá em cima, no alto da torre gótica, a lua ou o que quer que fosse aquela forma elusiva era agora uma foice fluorescente, azulada.

Agora eu vou.

E o corpo de Silvana se dirigiu autônomo para o carro. Seus olhos viam arregalados a caixa de fotografias da infância, então aos poucos foram retomando a visão do presente, que era a praça obscura. A Silvana-hospedeira tinha ido embora. Ou se embrenhado pelas ramagens. Por um segundo, de dentro do carro, ela é uma mulher sem pensamentos, que olha um banco de praça, indecisa e sem fôlego. Quer gritar e não pode, não há som em lugar algum. Então liga o rádio num volume bem alto. *Dezenove horas, horário de Brasília, fiquem agora com A Voz do Brasil.* Silvana fecha os olhos, respira fundo, aperta bem forte o volante e dá partida. Refaz o percurso, as ruazinhas amortecidas com casas que espreitam. Quando o carro ganha a rodovia, Silvana-livre acelera com vontade e consegue soltar uma palavra. Uma palavra que tia Moça lhe dissera no ouvido, uma sentença toda repartida, estilhaçada em sílabas, dita no exato instante em que fora empurrada para longe de Silvana pelas mãos dos outros. E Silvana se lembrava dessa palavra só hoje, só agora essa palavra vinha cobrar significado.

A-ná-te-ma.

Na alameda, o velho lobo curvava a cabeça e volteava o corpo, lento, em direção às árvores. Com certo esforço, foi desaparecendo na escuridão.

ESCUROCÔNCAVO

Le Congrès de la mélancolie, disse a mulher de cabelos castanhos presos em um coque no limiar de se desfazer. Disse isso no instante em que a aparição trepidou ao seu lado e se fez presença. A aparição não usava preto, como a da voz, mas era escura que nem um bolso de veludo e trazia na expressão uma cessação de ventos. Olhava para os lados a fim de se situar. Era assim que a aparição olhava. Tudo lhe parecia estranho e familiar ao mesmo tempo. Por uns segundos esperava por uma perturbação que não veio. Nada nela se alarmava. Quis dizer à outra, à que já estava lá: *je ne parle pas français*, mas na mesma hora descobriu que falava.

A de preto, ereta e imóvel junto aos arbustos, indicava com o rosto um agrupamento de homens de terno. Eram figuras emolduradas pelas portas de pé direito bem alto, três portas abertas para o pátio crepuscular onde elas, a francesa e a aparição, se mantinham lado a lado, paradas, observando, olhando para dentro, a distância. Eles não eram, os observados, assim ao longe, muito mais que silhuetas intercaladas sob o acetinado luminoso das lâmpadas amarelas. Movimentavam-se solenes, em gestos de interlocução, e estavam em pé, no vestíbulo. Dividiam-se em duplas e em trios e pareciam croquis de homenzinhos da era industrial em banda animada, gesticulando, erguendo os perfis, uns gordos, outros magros. Os garçons, que circulavam para lá e cá, completavam a narrativa, com suas posturas de parêntesis e saídas sorrateiras para o lado de fora. Apareciam no pátio, um por vez, para fumar cigarros ou simplesmente suspirar, mas não ficavam muito e tampouco se davam conta da presença delas, a que já estava e a que subitamente aparecera.

Eu sei quem você é, disse em francês a recém-chegada, e a voz ainda falhava devido ao processo de estabilização de sua conformação física. Tentava olhar para a outra com a admiração de quem decifra um pictograma arcaico cuja chave há muito estivera oculta, mas não conseguia vencer o ímpeto de naturalidade. Deveria se surpreender, no mínimo. Afinal, estava diante de alguém célebre, quase um totem, era isso o que a de preto era, uma figura envolta em mistificação e notoriedade. No entanto, uma familiaridade se impunha, estar diante dela era quase como um olhar-se no espelho.

A francesa sorriu sem interesse e não fez qualquer movimento em direção à recém-surgida. Estava concentrada e tinha o olhar aguçado. Espiava, estava em modo de emboscada. Fixava-se no que acontecia dentro da luminosidade que vazava do edifício, um verdadeiro palácio de dois andares cuja fachada, encimada por um frontão clássico, ostentava três portas e quinze janelas.

A recém-chegada tinha uma pergunta, e a voz ainda falhava como transmissão picotada, que vinha de longe:

Você não vai se juntar a eles?

Sob o coque em desfazimento a francesa fez que não, e sem desviar os olhos do grupo de homens disse, em voz apurada, de substância aquosa sobre limo antigo:

Logo você se acostuma e vai se fixando... Se firmando neste ar. As partículas trabalham incessantemente. No começo os movimentos são difíceis, é como... Você sabe, é como se mover numa argila que endurece. Depois, em um piscar de olhos, você vencerá os átomos. Você... – voltou-se para a outra e constatou, olhando para o roupão bege manchado de tinta. – *Você é artista. Uma pintora.*

Tomando cuidado para não se desintegrar em um movimento mínimo, a mulher que ainda era aparição que se estabilizava baixou a cabeça lentamente em direção ao próprio corpo. Sim, o roupão que usava estava manchado de preto, tinta a óleo negra revelando o traçado de dedos próximo ao seio esquerdo, rastros menos identificáveis perto da gola, junto aos botões, nos bolsos onde uma espátula e um pincel de crina de cavalo estavam guardados. A francesa se deu conta da espátula por um deslizar do sol agonizante sobre o cabo, e seguindo o olho dela a pintora levou a mão à ferramenta.

Já não tenho certeza, respondeu. E a duração entre a emissão e a recepção de um conteúdo era morosa e imediata: ao mesmo tempo que a palavra vinha de longe, já estava posta. Se o espaço ali era mimese, o tempo era um oximoro, já não existiam contradições.

A pintora examinou a francesa com atenção. Era uma escultora, a maior de todas, talvez. Sim, podia ver. Sob as mangas do vestido longo, as mãos cruzadas, à frente do corpo, uma espécie de contenção. De dentro do edifício antigo a luz sorvia algo nas vidraças e vazava um tanto irreal sobre o pátio, e também as vozes dos homens vinham distorcidas, como se de uma projeção de origem remota, ancestral. A pintora fez menção de dar um passo em direção ao prédio, e recebeu da outra um gesto de impedimento.

Eles são ratos. São insetos voejando em torno da luz, disse, como advertência.

Eles estão no mesmo... no mesmo estado em que nós?

Alguns, sim, outros ainda não.

E o que estão fazendo?

Palestras, teorias. Agora estão a confraternizar. Ofereceu um sorriso intranquilo para a pintora, e sob as pálpebras cresceu um par de sombras. *Melancolia e canapés.*

A pintora procurava em si mesma a surpresa diante da coincidência. Também ela estava indo para um evento chamado *Congresso da Melancolia*, quando foi parar ali, de repente, diante de uma mansão antiga no que parecia ser a França, ou uma versão da França, interagindo com uma escultora que, ela tinha certeza, vivera entre o século dezenove e o começo do vinte. Na verdade, agora se dava conta de que não estava usando a mesma roupa de antes, a que usara no avião para ir até a cidade do congresso, e sim seu roupão de ateliê. E o pensamento que lhe trouxe inquietação nada tinha a ver com a estranheza daquilo tudo, daquele presente de algum modo desviado da corrente linear do real. Vasculhava na própria mente a imagem da pintura. Estivera trabalhando em uma tela, uma tela negra. Vinham-lhe os círculos concêntricos de linha preta sobre fundo preto, e ela se perdia nas texturas, sem conseguir divisar uma imagem do todo. Estava particularmente incomodada por não saber se finalizara o trabalho, o destino da tela. Estaria ainda no cavalete, à espera do pincel? Veio-lhe o título e não pôde deixar de dizê-lo em voz alta, pois tanto a imagem negra e circular quanto a palavra que a acompanhava subitamente provocavam algo como uma vertigem, um deslocamento do corpo para um vórtice, um turbilhão:

Escurocôncavo.

Ia mostrar a pintura no congresso. Chamava de autorretrato. Preparava-se no avião para falar de seu processo de trabalho. Tinha a impressão de que seu nome era conhecido, de que sua pintura tivera, ultimamente, alguma aclamação, ainda que em um círculo fechado, como é possível no Brasil. Mas por alguma razão não se lembrava do próprio nome, nem conseguia distinguir se essas ideias de reconhecimento seriam realidade ou distorção provocada pela peculiaridade da ocasião.

A escultora não dava sinal de tê-la escutado. Continuava imersa no burburinho, tinha um olhar de agulha ansiando pelo furo. Mas, depois de um tempo, voltando a se dar conta da presença ao seu lado, a escultora achou melhor quebrar o silêncio.

Você está perdida, não é mesmo?

E para a pintora era como se a pergunta tivesse escavado a resposta do fundo de escombros, a cabeça da resposta surgia branca, a terra em volta desabando para mostrar os ombros da resposta, um busto com um braço que faltava:

Eu abri ao acaso um livro de arte quando começou a turbulência... E o meu dedo foi parar aqui. Mostrou a fachada do palácio com o indicador. Por um segundo teve certeza de que apontava para algo em uma foto em preto e branco. Sim, aquele era o prédio da foto, o reconhecia nas suas feições do século vinte e um, o seu próprio século, mas não havia dúvida, era o lugar que a legenda da foto chamava de Hôtel Biron, ou Museu Rodin. *E depois tudo ficou turvo*, completou, sem força.

A escultora lhe interrompeu, alvoroçada. Pela primeira vez tinha desatado as mãos. Lançara-se sobre o ombro da pintora e começou a dizer, sinuosa, com o rosto próximo do dela, enquanto ambas olhavam na direção iluminada:

Olhe agora, como avançam sobre as bandejas. Eles estão a comer pedaços de múmias. São traficantes de mortos. Sim, mandam trazer do Egito. Dizem que faz bem para a saúde, dizem que a ingestão de cadáveres mumificados é eficaz para tratar de certos problemas humorais. Especialmente o saturnino. Sim. A melancolia. Todos eles, esses homens que você vê ali, sofrem da bile negra. Algo lhes apodrece no baço. Se chegássemos perto o suficiente, você reconheceria sob os olhos e na cor da pele, em todos eles, a doença.

A melancolia. Sim. A pintora sentia a curiosidade sendo revestida por uma espécie nova de horror. Era um horror sem susto, imitação de náusea. *Todos comem? Os que não estão mais vivos comem também?*

Os que estão vivos têm dentes de verdade. Essa é a diferença. Eles imaginam a carne e, portanto, comem. Os outros imaginam os próprios dentes.

E por que eles estão ali? Por que estão juntos, os vivos e os mortos?

A escultora deixou escapar da garganta um som de surpresa, afastando-se da pintora como se tivesse levado um choque. Como se fosse obrigada a revelar o que estava posto ostensivamente.

Eles são os homens e estão decidindo as coisas do mundo. Uns escrevem o passado, outros o futuro. Outros são somente industriais e criam instrumentos de guerra. Uns desenham, outros pintam. Outros fazem música. Mas estes já não decidem muita coisa nos dias de hoje. Olhe aqueles. Os que rezam. E aqueles outros: praticam política e medicina, fazem medições e inferências, são responsáveis pelos descobrimentos. Olhe para eles, você deveria saber quem são.

A pintora fez um esforço de memória. Pensou: mas não sei nem o meu nome. A escultora deu alguns passos à frente, e quando já estava longe fez gestos com a mão, chamando.

Olhe de perto.

Tinham de fronte uma vidraça, e lhes envolvia por completo o jorro de luz amarela. Desaparecer e reaparecer, ainda que apenas alguns passos adiante, era exaustivo para a pintora. A escultora demonstrava com desenvoltura que dominava o próprio estado. Aproximava o rosto do interior iluminado e atravessava a vidraça como se a matéria fosse vaporosa. Quanto à pintora, sentia que o emaranhado de vozes agora tão próximas lhe perpassava toda a cabeça, pequenas agulhas, e teve que recuar porque pensou que se desintegraria.

Olhe.

A pintora iniciou o movimento de aproximação à outra. Nisso vencia pesadas camadas de cortinas, correntes marítimas, ventania de tempestade, barro denso que secava em torno do peito. Finalmente conseguiu olhar para dentro. Entendia a escultora, agora sabia do que ela estivera falando. Lá dentro estavam homens reconhecíveis, figuras célebres que tinham vivido no mundo ao longo das eras. Ela sabia seus nomes, seus papéis na história, suas biografias. E sim, eles comiam, sôfregos como morcegos roendo pêssegos, fatias de carne enegrecidas de betume antigo.

E com os mesmos farelos embebidos em betume um deles pintava um quadro, ao fundo. Era um quadro todo em marrom, o marrom-múmia tão apreciado pelos pintores pré-rafaelitas, óleo sobre tela: uma tela de projeção em que transitavam imagens em movimento. Uma pintura-cinema. Ciclos, eras, eventos alçados à magnitude pelas mãos de homens. Era um filme que começava rudimentar, imagens toscas, ruidosas, filmadas por câmeras de pedra, capturadas em negativos de papiro. Via-se em acelerada pintura o milagre da montagem imediata, autoconsciente, que fazia surgir e se apagar uma sucessão de eventos: a subjugação da natureza, os assentamentos de homens e a debandada de animais em trilhas compridas, os desenhos nas rochas, os sacrifícios e a agricultura, a manipulação do ferro, o erigir de templos, os significados das coisas do mundo se ajustando às leis nas incisões das cunhas, estelas de argila que se iam cobrindo de areia. Ela viu em segundos o colapso da Idade do Bronze, lugares marcados em mapas de pele, os relatos dos faraós raméssidas sobre as invasões dos povos do mar, Pérsia *versus* Lacedemônia, a ideia de democracia, os filósofos, grandes impérios, as escravizações e os êxodos, os messias e os profetas, e então as imagens foram se sucedendo mais rapidamente: as igrejas e as nações, os óculos e as bússolas, relógios e lunetas. Tudo foi ficando menos turvo, mas a velocidade progressiva atrapalhava a nitidez. Ainda assim, ela pôde distinguir as invenções da pólvora e da prensa, as grandes navegações, e na tela apareciam homens com telescópios, mirando para o alto, depois homens com microscópios, debruçados sobre lentes. E as fogueiras e os genocídios, as colônias, a seleção natural, o espiritismo e suas mesas girantes, a fotografia, a eletricidade. Depois o átomo, e o Holocausto.

A escultora, espectadora mais antiga daquele cinema, recebia nos olhos a luz ocre que as imagens expeliam em seus piscares e acenderes. Estava impassível, como sempre estaria quando as revisse, porque as conhecia de cor, mas não de coração. Antecipava-se à pergunta da outra, a aparição--espectadora de primeira viagem, que olhava em desespero a pintura em eterno refazer:

Uma história de homens, sim. Nada de novo. De certo modo uma ficção. A escultora o disse, com voz de firmeza forjada. Era preciso tranquilizar a pintora quanto ao que estava posto, quanto ao incontornável.

Chega, disse a pintora, avançando para o lado de fora, e sua própria imagem ia se desmanchando pelos degraus, se rarefazendo e se recompondo. Sentia que precisava catalisar as próprias forças para vencer algo que reconhecia como um efeito da gravidade, peso de que se tinha livrado e que agora reconquistava partes do seu corpo, ou da aparição de corpo, tal qual se apresentava naquele mundo. A escultora a seguiu, serena, mas com algum pesar pela sua tribulação.

Por que você fica aqui, olhando para eles? Não te causa horror? Perguntou a pintora, e se sentou no chão, sobre pedregulhos entre as árvores. A escultora imitou o gesto. Via que a imagem da pintora se tornara trêmula. Os cabelos perdiam cachos que reapareciam mais fracos, assim como as mãos inquietas desapareciam para reaparecerem opacas. Não havia muito tempo para dizer.

Minha colega... Primeiro eu vinha para assombrá-los. Principalmente àquele que esculpe sem descanso a Porta do Inferno, em seu projeto sem fim. Mas nenhum deles jamais tomou ciência da minha presença. Tentei muitas vezes, todas em vão, me tornar visível a eles. Não fui capaz de lhes chamar a atenção. Outras que vieram antes de mim e antes de você também tentaram. Os que estão vivos ali permanecem em estado de sonho. Só veem o que lhes convém. Assim como os mortos, e esses só veem o que interessa à própria memória. E todos trabalham, os vivos e os mortos, em suas artes e em suas ciências, querem a todo custo a própria sobrevivência. De repente a escultora riu do próprio dito. Mas a breve leveza deu lugar àquilo que antes parecia estar suprimido em uma seringa, tão logo o olhar se espetou para a frente, em modo-agulha, em direção às figuras dos homens. *Eles trabalham sobre uma roda de movimento incessante.*

E o que você faz aqui, então?

Espero. Um dia alguém há de quebrar a roda. Infelizmente estou presa ao meu próprio tempo. Mas o tempo de destruição da roda chegará.

E o que vai acontecer quando essa pessoa se fizer visível? Digo, quando eles a virem?

Não, não, não... Não aqui, cara colega. Você, que ainda têm presos os fios na outra realidade, talvez testemunhe um movimento significativo na lenta sucessão dos eventos. A voz da escultora se fez imperiosa: *Seja uma pedra dentro do girar da roda. Você está no limiar, não há muito tempo. O meu trabalho aqui tem sido esse. Quem sabe um dia eu me depare, diante do filme que você viu com seus próprios olhos, quem sabe um dia eu me depare com a sua imagem lá dentro. Não é? Estarei aqui para observar o horror do cineasta.*

Qual... Qual é o propósito? O interesse da pintora estava desperto, mas era preciso lutar contra uma força indeclinável de sono. Era preciso que a outra lhe respondesse rápido. Percebia-se cada vez mais distante, e as vibrações que substituíam os órgãos internos do seu corpo estavam alvoroçadas, ela era toda irrupção.

Me escute bem, colega. Terá sido um sono pesado. Antes da turbulência, antes do voo, antes de vestir a roupa de viagem, antes de fazer as malas. Um processo lento e irreversível já começou.

Antes de adormecer a pintora tentou estender a mão. Depois, em seu ateliê, acordava atordoada, e se deparava com a pintura, os círculos quase imperceptíveis de preto sobre fundo preto. Mais tarde, enquanto trabalhava na tela, surpreendeu-se com as próprias palavras, quase ditas, palavras que se imantavam como uma teia brilhante entre ela e a pintura:

Mas como ela espera que eu seja uma pedra na roda?

Não conseguindo localizar a origem da própria pergunta, concentrou-se nas pinceladas.

No Hôtel Biron, a escultora vagava pelos jardins, afastara--se dos barulhos do congresso e agora se esgueirava por entre corpos de mulheres de bronze.

Em breve eles irão nos ver e morrerão de susto. Até os vejo chorando, defecando nas próprias calças todo aquele betume. Virá outro cinema, esse que ali está já rui e se esfarela. Quem sabe a hora está próxima.

CÂMARA OBSCURÍSSIMA

Era agressiva a claridade da manhã. José vestia a camiseta e através das cortinas espiava as costas da igreja colonial. Estava sozinho e espiava um campanário. Sem saber por que, sentia pena das coisas. Sim, era difícil dar contorno àqueles pensamentos, forçá-los à forma. Mas ele tentava. Vinha tentando há muito, era por isso que ultimamente não falava tanto. As pessoas notavam. Ele sabia que vivia em estado de turva consciência, estava ciente do quanto tudo era contraditório. Porque, ao mesmo tempo, nunca o mistério fugidio estivera tão ao alcance. Nunca o corriqueiro fora tão irreal. Às vezes era como estar com o braço esquerdo em uma dimensão e o direito na outra. Quase dava para sentir o roçar das cordas. Sabia que não julgariam justo que se sentisse assim, tão repartido: a um profundo pesar, misturava-se um resignar-se definitivo. O que não era bem condescendência, indiferença. Não era exatamente amargura. Sequer poderia ser traduzido como desistência ou apatia. Já tinha se perguntado, algumas vezes, logo que aquelas verdades intempestivas começaram a vir, se era depressão. Mas onde estaria, nesse caso, o tal empobrecimento do Eu? Porque ele não tinha autocomiseração e porque havia alguma pulsação. E o riso era ainda reconhecido como um arrebentar genuíno. O que era aquilo, então?

Érico tinha perguntado a ele, não fazia muito tempo. *Melancolia*, José arriscou. Érico olhou para José como o invasor olha para o vencido, antes mesmo de formular um contra-argumento. E se prestou a apanhar na estante um exemplar de Freud.

Eu conheço Luto e Melancolia, adiantou-se José. *Não acredito que você vai me dar uma aula.*

Érico folheava as páginas do livro, procurava uma definição boa o bastante, suficientemente sucinta, para definir a melancolia como termo clínico da psicanálise. José lhe tomou o livro das mãos. Estavam juntos há dez anos e o comportamento de Érico nunca tinha deixado totalmente o arranjo professor-aluno do começo de tudo entre eles. Mas agora José também era um professor, e isso de algum modo tinha incitado em Érico um propósito não assumido de competição. José se apressava, diante dessas constatações, a justificar Érico para si mesmo. Talvez para não se permitir a mágoa. Érico, afinal, estava ficando velho, e José ainda era jovem. Seria jovem por muito tempo. Em tudo, Érico começava a diminuir sua magnitude. Na universidade onde os dois trabalhavam como professores de teoria da arte, no meio acadêmico em geral. Entre os amigos. José era agora protagonista. Tinha acabado de publicar um livro sobre a relação entre fotografia e poesia. Brilhante, talentoso, novo. Eram esses os adjetivos que, ao caírem sobre José, armavam-se entre eles, e os significados giravam em variações e intensidade, tinham um efeito de veneno em Érico.

Enquanto isso, José tentava escapar do que seria transbordado caso ambos cedessem à linguagem, caso declarassem suas perturbações, um em relação ao outro. Era difícil não se comparar. Era difícil não achar injustas as reações de Érico, e, mais ainda, as tentativas dele de velá-las, como se já não estivessem expostas. E José acabava lançado em lembranças, de quando seu futuro seria repetição do destino dos pais, um destino de cor que comportava subempregos e servilidade. Que não comportava estudo, muito menos com graduação, mestrado e doutorado. Olhava para as fotos de família dispostas na sala de estar da casa deles, a casa que Érico tinha herdado dos pais, a casa que tinha sido antes dos avós de Érico, e se perdia, constrangido, entre os rostos, as roupas, os cenários, as viagens. Era um séquito de bem-nascidos, gerações de supostos merecedores, gente que tocava instrumentos musicais, gente que tinha sido político e professor, que erguera prédios e viajara pelo mundo. Uma vez encontrou uma foto antiga, que não constava nos porta-retratos, ao arrumar um armário. Pegou o papel amarelecido de dentro de uma caixa de quinquilharias. Percebeu que sua mão tremia quando a mostrou a Érico, e perguntou quem era a pessoa retratada. O outro lhe lançou um olhar que pedia absolvição: era o olhar que José temia. A foto mostrava a bisavó de Érico em um transatlântico, segurando um livro de Mallarmé. Atrás de seu ombro havia um rastro, um fragmento de corpo. Se forçasse a visão, aproximando-se bem, via-se melhor. Era uma moça negra, de cabelos curtos e olhos de longitude, obscurecida pela perversidade muda do mecanismo fotográfico. Segurava uma sombrinha para o conforto da senhorinha retratada, sob um sol de sépia. *Sua bisa é a Rose DeWitt Bukater, entrando no Titanic.* Fez a brincadeira para não ter que dizer mais nada. Para desviar os olhos da jovem negra, que olhava. Que continuava olhando, até depois de ter sido devolvida à caixa.

E no jantar, mais tarde, pensava na imagem e lhe vinha misturado a ela o rosto de sua própria avó, a única foto que tinha de sua avó e o que estava escrito no verso dela: *Para o José com muito gosto da vó. Assinado: Justina.* A letra mais segura e desenhada da dedicatória em contraste com a letra marcada, incisiva, que queria rasgar o papel, da assinatura. *Justina.* As únicas letras que a avó sabia escrever. Como se a assinatura fosse o seu retrato mais fiel, o único retrato possível. Na imagem fotográfica, Justina olhava para o lado, evasiva, de colar de bolinhas azuis. Na letra ela se revelava, ela se reconhecia. Uma inscrição que ia lhe doendo pela vida, o próprio nome, pensava José, e se lembrava da vergonha que a avó sentia quando tinha que explicar: *mas eu não sei ler.*

Eu estou feliz demais por você, dizia Érico. O mestrado de José, o doutorado de José. *Eu estou feliz demais por você, José.* E então o prêmio de melhor tese. As exposições de fotografia. O concurso para professor de teoria, crítica e história da arte. As curadorias importantes no Brasil, o convite para ir aos Estados Unidos. *Estou feliz por você.* Então veio o ano na Alemanha. *Parabéns, José.* Érico disfarçando o sentimento de estar a tiracolo, a busca por atividades, a escrita incessante de artigos, os grupos de pesquisa que coordenava, os alunos que o esperavam, a urgência de retornar ao Brasil, onde o mundo dele tinha movimento, ação e reação, onde as coisas continuamente aconteciam para ele. Mas onde deixaram de acontecer, afinal, ou aconteceram mais ou menos. Era como jogar uma pedra e já não ver os círculos concêntricos vibrando na superfície: as linhas se apagavam mesmo próximas do centro. E era difícil para Érico constatar que as pedras de José é que agora faziam vibrar as águas. Era ao redor de José que as margens se alvoroçavam.

E então Érico assumiu: tinha chegado a um ponto cego. Tinha ido até onde dava. Não sabia o que tinha dado errado, o que tinha deixado de fazer. E José ficava triste por não conseguir convencê-lo do contrário. De vez em quando Érico brincava dizendo que já estavam cansados da sua figura, que a hora de sair do palco tinha finalmente chegado, que não era o seu tempo, que agora era o tempo de José, a era de José começara, e José, sem querer, desvendava na palavra-chave, *palco*, a verdade sobre Érico. E no nome *José*, Érico magnetizava, com a voz, uma ideia de coletivo. A era de José. Dos Josés. Sobre Érico: a recusa esbravejante do empobrecimento do Eu que o tempo empurra sobre o corpo, a aparência, a imagem. Havia o ego, ele não seria apagado.

Você vive um agora ou nunca, disse uma vez a José. *Isso para mim se tornou extenuante. Tem dias em que eu não tenho energia para responder um e-mail.* Até que chegou o momento de Érico dizer o que já estava dito em silêncio absoluto, o que perpassava os dias deles como estática nos ambientes da casa: *Você teve mais sorte do que eu, Zé. De repente foi isso que aconteceu.*

Coisas invisíveis se romperam ali. E José lamentou para si mesmo. Que o seu amor de década acreditasse – que dissesse – que ele, José, tivera sorte. Sorte. Pensou em respostas, todas válidas, sem necessidade de contra-argumentos, sem possibilidade de contestação, para gritar o evidente, o inequívoco abismo que os separava. Mas se ele fizesse aparecer uma tela, se fizesse surgir ali mesmo um cinema da sua vida, nem assim Érico entenderia de todo o que não era, não poderia, não tinha como ser, questão de sorte.

De algum modo, que não é o do esquecimento, mas o da remoção cuidadosa do problema, tornado objeto doloroso que se devolve a uma caixa, ainda que em caráter temporário, José conseguia amar Érico e, sem querer, sem poder repelir a comiseração, sentia pena dele. Começava, no entanto, a ter uma intuição persistente, uma intuição cuja verdade ainda operava subterraneamente. Sentia a convergência lenta para um mesmo ponto de não-retorno, forças gravitacionais que agiam sobre as partes de si que costumavam se manter adormecidas.

No começo, Érico não percebeu a ausência de José. Não de uma vez. Foi uma trajetória que começou lenta, quase imperceptível, dias de quietude, respostas monossilábicas, para depois ascender rumo a um encerramento em si mesmo que não parecia, a Érico, pelo menos, fazer sentido. E José continuava funcional, no entanto. Preparava suas aulas trancado no escritório da casa, enquanto Érico escrevia na sala. Ia para a universidade e voltava mais silencioso do que nunca. Mas não parecia preocupado, nem triste. Cantarolava na cozinha, fazia o jantar para os dois. Levava o cachorro para o passeio noturno. Quando chamado, respondia, embora o fizesse com uma voz que atravessava alguns anos-luz para se assentar, e também o olhar tinha se contraído numa lonjura sideral. Mas: *está tudo bem*, ele não se alterava ao dizer isso para Érico, ele não se importava em redizer mil vezes, e nunca passava disto: *tudo bem*.

Promete? Jura?

Prometo. Juro que sim.

E depois se encapsulava de novo e partia. As brechas abertas por Érico não se mantinham abertas. Era realmente um fechamento sobre tudo que os envolvia. Érico observava, só podia observar, de seu casulo. José tinha dado as costas e desativado no ar o próprio peso. Não se passaram muitos meses antes que José dissesse a Érico que estava indo embora, que era definitivo. Que sentia muito. Que não havia o que fazer. Que nada tinha se rompido, que nada estava perdido, mas que tudo tinha mudado de um jeito que não dava para explicar. Érico sequer achava que José tivesse encontrado alguém. Seria admirável que qualquer pessoa se aproximasse de um vulto, e José transitava pela casa recolhendo suas coisas como impressões fugidias de si mesmo, um simulacro tentando se segurar nos próprios ícones. E então desistiu de levar livros, objetos, fotografias. Colocou na mala apenas algumas cuecas, duas calças, duas camisetas e duas camisas de botão. Não levou nem um casaco. Despediu-se de Érico com um abraço e um beijo, e Érico sentiu que era um outro rosto aquele próximo do seu, uma outra boca. Não havia nada de familiar entre eles e isso era o mais concreto do fim. Mas José chorou quando se despediu do cachorro, que não reagiu, não suspeitava de nada. Pelo contrário, tentava se desvencilhar dos braços do homem, do abafado dos gemidos dele sobre suas orelhas.

E nesta manhã, no hotel, José era acometido pela luz estranha do lá fora. O tempo estava suspenso. As engrenagens vinham rolando em vagarosa desistência, e agora finalmente tinham atingido o fim. Érico parecia uma figura distante, tomando distância como um barco, e José buscava a dor, queria que ela de algum modo existisse. Não tinha sobrado nenhum fio. Agora apenas olhava para as formas da igreja, o azul-claro da igreja colonial embebida de sol, as coisas lavadas de ardência, luminescentes, pela rua que se estendia além da janela. Calçou os sapatos e saiu do quarto, atravessou o corredor, desceu a escada, passou pela recepção do hotel sem se dar conta de nada, sem que se despertasse a sua curiosidade sobre o silêncio e o vazio. Na rua também não tinha ninguém. Alguns carros estacionados, janelas abertas nas fachadas paradas no tempo – o tempo decidira parar e José não notava, seguia como que enfeitiçado andando sobre o calçamento de pedras pontiagudas, irregulares. Terminava uma rua e dobrava à esquerda ou à direita, como um cego, aonde o olhar sanguíneo, machucado de sol, vibrasse.

Era bom não ter propósito e vagar. Mas ele tinha, a razão em alguma medida ainda estava lá e protestava: era preciso voltar ao hotel, trancar-se no quarto e terminar o texto da conferência. A melancolia na fotografia, a melancolia como parte do dispositivo fotográfico, a melancolia como marca da imagem fotográfica, a identidade e sua negação na fotografia, o que é um retrato de uma pessoa?, a fotografia, desde o começo, marcada pela melancolia, a presciência da ruína. O instante era o oposto da eternidade, a fotografia tinha compromisso com a morte, isso era um lugar comum da teoria, mas a fotografia tinha mais compromisso com a morte de uns. Às vezes é preciso insistir no revelatório, na dor sobressalente, os químicos em sua miscigenação não mentem, a tecnologia se empapou da melancolia como aconteceu com a linguagem, também os códigos de computação irão ruir ao peso da melancolia, também os códigos de conduta, as coisas transgredirão seus nomes, suas imagens, representações, não há nada que seja passível de interdição, uma correnteza avança e cobre tudo.

Por que dizer, então? E fazer teoria, e escrever, e saber a hora do silêncio, e fazer distinções, e gestos, e vestir roupas e ter filhos, e amar o próximo, e trabalhar e comprar e lamentar-se? As perguntas lhe vinham, era sem violência. Era preciso redescobrir uma coisa, quem sabe. Ou reinventá-la. Levantar-se da claridade ofuscante que era uma verdade, desver. Dar um passo atrás, despregar-se da vagueza atômica, do delírio cósmico do antissentido, do vazio impossível. Tinha encontrado uma utopia, e nisso nunca é possível tocar. Como se volta disso, no entanto? Como se suspende o movimento, quando o olho já avançou para dentro do sem-nome?

E amanhã, no congresso, assumir um posto e simplesmente falar sobre fotografia? Queria chegar e dizer que a fotografia tem mais antiguidade que os milênios de história da arte, que a fotografia é ancestral da pintura, a primeira foto foi um retrato riscado na areia. A câmara obscura é anterior às incisões nas cavernas, veio antes, talvez antes da formação da Terra. O Verbo era uma foto. Porque a fotografia antecipa o porvir, ela atira o porvir ao precipício do passado, ela diz que o futuro é que é o primevo. Não havia nada mais assustador.

Então José ficou parado em uma esquina, antes de dobrar a esquina, e o medo retornou. Foi o que voltou primeiro. Depois vieram forças revoltas que a linguagem agregava em um mesmo envoltório, que simplificava em três letras: *ira*. E por fim foi retomada a noção do próprio corpo, pulsando sob a manhã, o suor escapando pelas costas, dizendo muitas coisas em seu percurso. O coração batia rápido, fugindo de tudo aquilo que não fora sobrenomeado e que insistia em permanecer. E aí José soube que poderia viver, afinal. Ou suspeitou. Talvez tivesse recuperado algo próximo da esperança.

Mas não iria ao congresso no dia seguinte. Tinha trazido a câmera e o tripé e estava numa cidade estranha, sem habitantes, uma cidade que queimava se avermelhando e que não tinha sequer fantasmas. Aproveitaria um pouco do estranhamento duro, de pedra e memórias colonizadas, e então voltaria para casa, uma casa que era só sua e de mais ninguém. O real-daqui-em-diante, o real-todo-o-resto-da-minha-vida-depois-disto estaria à espera, sempre estaria à espera, voltar e recomeçar seria possível em qualquer ponto da viagem.

Percebeu a própria sombra projetada sobre o calçamento e se sentiu redesperto para o desejo, um pulsar fresco que tem a qualidade de ser múltiplo e onipresente. Ao mesmo tempo em que nada cabia na palavra *desejo*, nem na dita, nem na escrita, e nem mesmo naquela formada em pensamento, ideogrâmica, José sabia que ele mesmo não era mais que movimento compulsório em direção às coisas. Simplicidade extrema. Apontou a câmera para si mesmo, o rosto banhado de sol, e clicou. Depois dobrou a esquina, casas coloniais, calçamento de pedra, becos e vielas. A câmera na mão, os olhos prontos. A lente perguntando.

UMA DELICADA PERTURBAÇÃO DE PIXELS

Havia uma cortina de névoa em cada uma das imagens dele. Agora se espantava, porque não poderia ser simplesmente coincidência e, no entanto, lá estavam as fotografias na tela do computador, uma sucedendo à outra, ao toque de um clique. Todas fora de foco. Ele tentava entender se gostava delas ou não. Parecia que ao desfocado unia-se a característica do ruído: o granulado que era uma luta contra a unidade do conteúdo, uma tomada de partido do fragmentário, daquilo que se dissipa e se obscurece. Daquilo que pede para ser confrontado, que demanda trabalho, exige atenção. Quase como se as fotos dissessem: é preciso me olhar bem de perto, e depois de longe, é preciso apertar os olhos, com o rosto a entrar na foto, e também é preciso tomar distância, a ponto de seguir andando e não ver mais a imagem, ir viver para se lembrar da imagem. Acreditava que certas fotografias tinham isto: ao virar as costas, é aí que uma pessoa realmente avança, com a imaginação, para dentro delas.

E ele então começou a tarefa de catalogar as fotografias que tinha feito nos últimos vinte ou vinte e cinco anos, sendo que tudo o que tinha era tempo pela frente. Tentava qualificar esse conjunto ou coleção, esse arquivo de imagens em blocos fracionados de uma mesma sorte: reunir sentidos e aproximações para o que é muito mais impressão e fugacidade, sopro e vislumbre. Sabendo do risco da redução, enquanto as olhava, foram chegando palavras-chaves, nomes que lhe vinham de acordo com as primeiras impressões, agora que finalmente se dedicava a observá-las. O único critério era a detecção de algo imediato que elas pareciam dizer, e elas diziam a parecença desses nomes: ruído, silêncio, murmúrio, reminiscência, presciência, profundeza, recôndito, vertigem, vigília, devaneio, desencanto, assombro, escuridão, deserto, aquático, falta, subentendido. Sob um nome maior todos esses dizeres e ainda uns outros se acomodavam e se aclimatavam: melancolia. Nomeou a pasta no computador com esta palavra: *Melancolia*.

E então foi arrastando as imagens para dentro de subpastas, progressivamente levando mais tempo para dar a vez à imagem seguinte, como se os dedos tivessem recebido um sinal do olho, um pedido de calmaria que também tinha algo de ultimato. Eram, em maioria, imagens em preto e branco, tão borradas que não se podia distinguir claramente o conjunto do que mostravam. Algumas eram resolutas no caminho da abstração. Mas as que lhe faziam perder o rumo do pensamento e permitir que as memórias mais incertas tomassem conta, cada vez mais insistentes, eram aquelas que se davam à entrevisão de lugares, objetos e corpos.

Uma pedra gigante que seria, por si só, um despenhadeiro, não fosse o braço humano a incitar a noção de escala. Metade da foto escurecida por um dedo ou um pano. Na outra metade, o braço recostado na pedra, adormecido sobre a pedra, um braço de homem, um braço direito muito peludo e magro, com relógio no pulso, uma blusa de lã remangada, quase até a axila, uma nesga de tórax com uma correntinha pendente, onde o sol escolhera sintetizar a si mesmo em brilho curto e pontiagudo. E ao fundo algo na semelhança de areia, dunas, ou seriam montes distantes?

Ele sabia onde tinha sido aquilo, ele sabia quem era o homem da foto, nada mais que um rapaz em seus vinte e poucos anos, mas já fazia tanto tempo. A imagem trazia som de vento intenso, vento fortíssimo como nunca mais viu, e não conseguia distinguir que palavras esse vento abafava. Eram palavras do grupo do amor, da paixão, da curiosidade sobre o corpo do outro, traziam ecos de calor e gozo. E aquele sol que tinha se fixado no pingente do rapaz era um sol de inverno não-brasileiro, um sol distante, de outro mundo. Se fechasse os olhos o sentiria, antecipando perenemente a morte.

Estávamos na pedreira de calcário, quase disse em voz alta, quase tinha mesmo fechado os olhos. *O Julio me pediu para guardar a câmera. Ele queria ir até a pedreira de granito, muito mais longe.*

E de repente as imagens se ensombrearam, caíram sobre elas silêncio metálico e os resquícios de um sol gelado. E, desde que a ventania cessara, as palavras antigas tinham sido substituídas por outras, mais cristalinas, palavras do grupo do sacrifício e do ímpeto, e todas elas se avizinhavam com as variações da acepção de assassinato.

E depois da morte – o espaço de tempo em que a cor do sangue na lembrança vencia o preto e branco da foto – não havia nada que permitisse ao dispositivo a ausência de cor, nada que não exigisse da câmera o vermelho. E, por negar à imagem mental transposição física com uma insistência torturada, ele deixou a câmera esquecida por muito tempo em um fundo de armário. Até que a imagem de Julio se desfizesse na memória, o corpo inerte se incorporando às pedras, entranhando-se nos veios profundos, abandonado, os sulcos sugando a carne e as roupas, o relógio derretendo e buscando buracos na terra. Milhões de anos depois descobririam, nas entranhas daquela pedreira, uma pedra preciosa, um tipo jamais visto, e dela fariam uma gema esplêndida.

Passaram-se sóis, estrangeiros, brasileiros e estrangeiros de novo, e vieram as fotos cinzentas, de contraste quase anulado, aquelas que marcaram sua comunhão com Pedro, suas viagens secretas, ligeiras, jornadas mancomunadas, desde o planejamento, com o esquecimento. Parecia que as fotografias daquelas viagens compartilhavam da mesma intenção evanescente, a tal ponto que agora, ao examiná-las, ele não era capaz de distinguir uma só localidade, um só país naquelas imagens. No entanto, enquanto olhava para o espectro que tremulava como se refletido em vidraça de janela antiga ou em poça d'água, a memória dele desafiava o desfoque, desafiava o grânulo e a dissipação cinzenta das linhas. Percebia que essa figura continuava existindo mais viva quanto menos olhava para ela.

Intraolho, formava-se uma cena. Era Pedro, no fundo de um rio, ou imediatamente sob a superfície, como alguém preso atrás de um espelho que tinha sido deitado sobre a água. Nos fluxos e contrafluxos entre o que é interno e o que é externo, adivinham-se coisas de acesso proibido ao olhar, mas ainda é visão. Aquilo que é *intra* ganha, então?

Somente quando não falamos a respeito, ponderou. O que estava ali, na fotografia, era transposição, tradução, revestimento? Ou era outra coisa, algo que desafiava a morte e tornava visível um reino? Via um movimento: inquietações intumescidas, latentes vibravam sob o corpo de Pedro, olhavam muito através dos seus olhos de peixe. Espiavam por eles como por uma lente.

E antes de abrir a próxima imagem, ele, o fotógrafo, agia como se estivesse diante de criações de outros: pensava em como aquele memorial a que se dedicava se parecia com a releitura de um livro ou com uma música que se antecipa ao ouvir as primeiras notas. Vinham-lhe imagens do antes, coisas que não tinham sido fotografadas. Santiago, o primeiro amigo. Santiago e a sua coruja recém-salva, de asa quebrada. Nenhuma imagem dele, nenhuma foto. Mas o semblante era claro, tinha contornos, texturas, palpabilidade. A coruja no ombro, o jeito desengonçado de equilibrar em um lado do corpo o que é selvagem e está ferido. E a roupa, uniforme eterno de garoto que não teria qualquer futuro. E agora ele, velho, via o menino, via-o com os olhos antigos, de quando também era criança. Santiago atrapalhado, no esforço de olhar para ele e de não afugentar a coruja. Via Santiago como se o fotografasse: uma camisa escolar rasgada no peito, o amarelo queimado ficando empapado, virando marrom, depois ferrugem, a insistência do vermelho, o porvir do vermelho. O corte fundo, cavado a estilete. Só os botões amarelos não se sujaram, eram pequenas ilhas enfileiradas por onde os dedos dele transitavam, dominando o reino, profanando a morte. *Uma foto disso!* Ele desejava, o olho grasnava.

Como se ansiasse por reler um livro que deixa de existir depois de lido, procurava a imagem. Com o quase toque sobre o teclado, antecipava o surgimento dela. Os ícones de Santiago, o seu panegírico a se abrir diante dele. Aquela espera era uma solicitação, uma figura de leitura que transforma o texto antes mesmo de se tomar ciência de seu conteúdo, mais ou menos como sonhar com a imagem perfeita e desejar vê-la, um dois três: ei-la. Se ao menos pudesse dizer *ei-la*, quanto prazer maior e mais profundo que a própria noção de prazer ele não sentiria? O sentimento exaltado da ascese.

O que seria esse *pequeno choque*, em que consistiria o ansiar por ele? Para vencer o desejo pela imagem física de Santiago, a estática, a fotográfica, esforçava-se por encontrar meios de autoengano; queria esconderijo dentro de imagens aleatórias, fotografias tiradas anos-luz depois daquele episódio, composições que nada dissessem ou remetessem a camisas e botões e terrenos baldios e estiletes, e que, no entanto, eram rimas. Uma vez que se acreditasse resoluto a iniciar uma busca, já ansiava pelo não-reconhecimento do caminho, pela sensação de estar perdido, irremediavelmente à deriva. Só o desespero do fracasso tornaria o gozo satisfatório. Não sabia quais imagens viriam, gostava de se permitir a atração arbitrária, ou seja, aquela que está sujeita a um desejo ainda furtivo, que ainda não pode ser nomeado. Mas que viesse uma imagem que por inversão extrema se tornasse síntese. Que por ser tão contrária ao seu desejo primitivo se revelasse em essência a representação mais fiel da sua cobiça sagrada.

Intuiu a imagem a vir como um primeiro impulso da tesoura, o primeiro corte nos livros velhos e nos cabelos compridos, nos tecidos muito finos. Olhava a imagem se desvendando a si mesma. O pequeno choque ia deixando de ser arbitrário. Omoplatas lustrosas, cordilheiras sobre um assoalho quebradiço de mogno, o luminescente contra o fosco, o esvair de um lamento junto ao chão. Tinha dificuldade para se lembrar do nome desse. Talvez não tenha nome, talvez nunca tenha existido, está a se fazer, vai acontecer. E se voltasse a cabeça agora em direção à porta, o dedo suspenso sobre a tecla que aciona o futuro próximo, o mais diminuto futuro, o tempo do a seguir, se pudesse distender esse tempo, veria a porta se abrindo e um corpo entrando no quarto, de costas. Andando ao contrário, em retrospecto, sem face, pura omoplata envolvendo ossos.

Mas o dedo se firmou sobre a tecla, meio sem querer, no instante em que ele se sentiu endurecer sob a calça. O gesto da mão apressado, contrariando a solenidade das imagens, tateando pelo zíper, sentindo a cabeça do pênis intumescida e molhada, antes mesmo de descobrir o que olhava. Nada mais que uma massa de cinzas e pretos, um estrondoso nada. A abstração devorava tudo, tinha uma voragem de desencanto.

Jamais haviam fotografado a acepção da palavra ruína. O que era mancha, coisa disforme, revelava-se a mimese máxima, e além da mimese era uma narrativa: a história definitiva da derrelição das coisas. Massas de cinzas e pretos, mais nada. Não era capaz de confiar na própria autoria para aquela imagem, suspeitava que ela pudesse não ter origem, pressentia que se tratava de uma fotografia fundacional, algo clicado por uma presença do Antes. Ele cerrava o punho com força, entre os dedos ia ficando vermelha a carne do pênis, ia se arroxeando em palpitações progressivas, estocadas cada vez mais velozes. Sentia que se aproximava de um culminar, o momento último do estrangulamento, a liberação da morte pelo alívio branco, o líquido incandescente. O sêmen derradeiro de um velho, a prole de um assassino. Até que divisou na superfície da imagem, bem no centro, nada mais que uma delicada perturbação de pixels.

A pequena deformidade era um buraco turvo consumindo a imagem, um vórtice. O defeito forçava ao olho um movimento espiral de aniquilamento, forçava à mão a cessação da punheta, ao pênis a síncope. Como um hino interrompido no êxtase, que torna qualquer lugar espaço inóspito, abandonado.

Depois, foi arrumar uma mala, sem alívio, esvaziado de tudo. No dia seguinte tinha que dar uma conferência, tinha aceitado participar de um congresso. O tema era um sinal, não poderia ser outra coisa: a melancolia na arte. Teria que viajar cerca de duzentos quilômetros, iria naquela noite mesmo, de carro. Seria difícil dirigir até lá, na escuridão. O anseio o fazia fechar os olhos e imaginar enquadramentos, tinha que conseguir atravessar a noite, desviar o pensamento para longe, renegar o inevitável que estava *prestes a*, deixar a ereção para a hora certa. E se cruzasse com alguém na estrada? Quem sabe algum rapaz bem jovem, quem sabe alguém que levasse uma correntinha de prata, que tivesse algum dia salvado um bicho, que gostasse de nadar na profundeza, que já tivesse conhecido cidades de três mil anos.... *Fazer alguma coisa para evitar a ereção.* Não podia pensar nisso agora. Que os rapazes desaparecessem do seu pensamento. Só por enquanto. A primeira coisa que guardou na mala foi a câmera, e a segunda foi uma velha faca de cortar peixe.

Não interessa muito o que aconteceu entre isso e a próxima foto.

AVE COM TIARA DE ESPELHO

Como se o real tivesse sido finalmente ultrapassado, como se houvesse sido aberta, sabe-se lá por quem ou pelo que, uma fenda invisível. Eva percebeu que também ela não era mais a mesma. Uma fissura de proporções tão magníficas, seria essa, que àquela altura todos nós já a teríamos atravessado, sem termos nos dado conta. De um jeito parecido ao modo como romperíamos, desatentos, o fio mais delicado tecido por uma descomunal aranha, era isso que Eva imaginava.

Agora tratava de esmiuçar mais o *quando* do que o *porquê* e o *como*, afundava-se na poltrona do ônibus, vendo seu próprio reflexo, que a noite devolvia pela vidraça, embalada pela sensação de estar deitada dentro de um baú que se movia sobre as águas. Naquele momento não racionalizava que a sua eleição da localização temporal em lugar das perguntas filosóficas era uma herança da mãe, uma arqueóloga que tentava há consideráveis décadas provar que uma cidade de pedra encontrada no vale do rio Supe, no Peru, era ainda mais antiga que as primordiais cidades sumérias. Não que a mãe de Eva não valorizasse os *porquês* e os *comos*, sim, ela ansiava mais que tudo por respondê-los, só que acontecera de ter que caminhar quarenta anos para encontrar o *quando*.

E o encontrei, ela relatava, era preciso repetir, ela dizia, arriscar a própria reputação porque seus pares de profissão resistiam a acolher as evidências. *Elena tem uma obsessão, não vai descansar enquanto não for soterrada por ela.* Não raro a informação mais direta e objetiva é a mais difícil de se encontrar, mas é também a que desenha a fisionomia das perguntas que se seguirão. O grau de complexidade delas. O quanto elas mudam as coisas. O *quando* redefinirá a história, dizia Elena. *As coisas vão virar de cabeça para baixo, neste século a roda inverterá seu movimento lógico.* O "Novo Mundo" tinha sido o berço da civilização. Não a Mesopotâmia, não a Europa. *O conceito próprio de civilização é estranho, inadequado, artificial, insuficiente*, esbravejava a mãe.

Onde está a mãe, agora? Eva se perguntava, deixando a dúvida sobre o paradeiro de Elena atropelar sua inquirição das mudanças recentes no mundo. *Enfiada em alguma ruína, dentro de uma pirâmide ou escondida numa caverna?*

O ônibus respondia com um baque ruidoso e o lado direito do corpo de Eva pressionava a janela. Então ela se acomodou de novo e voltou a pensar nas coisas espantosas que estiveram acontecendo. *Quando foi que o mundo mudou?* Era tudo relativamente recente, talvez tenha tido início um pouco antes, eram casos esparsos e mal noticiados, presságios, uma sensação nova que foi contaminando o ar, gradativamente. Ou talvez tudo isto tenha mesmo começado a acontecer na época em que a maioria dos grandes países do mundo viraram ditaduras, mais ou menos assumidas, de políticas mais ou menos comprometidas com a noção tradicional de totalitarismo.

Tenho sentido tanto medo, que eu mesma virei uma pedra, chegou esse pensamento, frase solta quase dita, quase uma sombra descendo sobre o rosto dela, já imerso na penumbra, uma sombra mais escura sobre outra sombra. E pensar que antes era uma pessoa que se considerava simples, que tinha coisas que os outros admiravam ou faziam troça, como o otimismo confundido tantas vezes com ingenuidade, entendido como falta de vasculhar as tripas das coisas. A Eva do bom humor, dos sorrisos para todos, a professora querida dos alunos, a filha compreensiva, apesar de tudo, compreensiva, não existia mais. Quando foi?

Tinha abandonado a anuência compassiva para começar a realmente entender, para ir atrás da compreensão. Aprendera a leitura das vísceras. De uns tempos para cá já tinha vasculhado tanto, tinha se versado tão bem em vasculhar, que se tornou uma arqueóloga de vísceras, remexendo, perscrutando, analisando esse tipo de ruína. Fedia tanto. Os dedos fediam, era como ter miúdos de bichos empapados sob as unhas, como se no lugar das carnes internas do nariz tivessem nascido carniças, peles decompostas penduradas por dentro. Mas *quando*?

O conteúdo das aulas passou a seguir uma cartilha nova, mais ou menos de repente. Porque não dava para afirmar que ninguém tinha antevisto aquilo. Instalaram as câmeras, os fiscais circundavam as salas. Veio um tempo de atrocidades, depois elas foram varridas dos noticiários, diante da televisão todos se voltaram às novelas, todos tinham religião, os personagens das novelas, os atores das novelas. Era tempo de falar do evangelho, de repente o mundo tinha seis mil anos, a Terra era jovem para o cosmos, era evangélica. Chegaria um ponto em que não se poderia mais falar em arte. Seria quando? Talvez agora, ou amanhã.

Por enquanto ela se encaminhava para um congresso. Tinha sido convidada, por alguma razão queriam que ela falasse daquela palavra cinza, queriam que ela discorresse sobre imagens cinzas gravadas em metal durante o século dezesseis, e ela levava as gravuras no computador, agora estavam apagadas, prensadas entre o teclado e a tela, eram gravuras adormecidas que perdiam fisionomia quando não eram vistas. Viravam hachuras na lembrança de Eva, ou se contorciam em traços vacilantes e acabavam virando desenhos de outras coisas, tinha uma gravura do século dezesseis que mostrava a ruína de Caral antes de ter sido descoberta, e mostrava Elena em pé diante dessa ruína, usando roupas contemporâneas, quinhentos anos antes de Elena ter nascido. E tudo isso se desmanchava, e Eva agora se perguntava se teria coragem de mostrar entre os *slides* as fotografias retiradas das notícias estrangeiras, as imagens aterradoras de coisas inexplicáveis que estavam acontecendo no Brasil e no mundo. Em especial aquela que mostrava um séquito, uma espécie de procissão, homens e mulheres sentados, movimentando-se para a frente usando somente os braços, tomando impulso com as mãos apoiadas no chão, mãos encravadas entre as próprias pernas, assim eles iam, avançavam arrastando as nádegas, era uma imitação daquilo que os cães fazem quando querem coçar o ânus. E isso era recente, isso tinha um quando.

E as fogueiras que não queimavam nada. Eram acesas nas esquinas, nos campos, imensas, inacreditáveis fogueiras que subiam aos céus e cuja fumaça era sorvida com a sofreguidão da sede de quem andou no deserto, mais e mais gente queria inalar a fumaça. Depois começaram a dar uso para as fogueiras, que ficaram cada vez maiores e queimavam sem jamais apagar, porque recebiam toda sorte de objetos que não podiam mais fazer parte do Novo Primado. E isso também tinha um quando.

Então decidiram arrancar a língua de quem proferia palavras enganadoras, instauraram tribunais da verdade que decidiam o que era verdadeiro e o que era falso, e elegeram políticos-historiadores-animadores de palco que receberam a tarefa das reescritas. Isso era recente, isso tinha um quando.

E surgiram relatos de gente que começara a comer pássaros vivos, apenas pequenos pardais que cabiam na boca, que podiam ser mastigados em poucas dentadas. Tinha algo a ver com a salvação, uma interpretação nova de alguma passagem sagrada do único livro, e era um hábito que começava a ser disseminado nas grandes cidades. Era considerado uma prova. E isso surgiria como realidade, em poucos minutos, isso se tornaria um evento real na vida de Eva.

Por enquanto, Eva se debatia à procura do quando. Se tudo isso acontecia, afinal, quando teria se tornado possível? Sabia quem teria permitido, tinha certeza de quem tinha permitido, se quisessem, ela se sentaria e listaria os nomes, eram nomes de gente e nomes de instituições, eram nomes identificáveis e outros abstratos, nomes privados e nomes coletivos, mas se dava jeito, nem que se passasse uma vida catalogando os culpados. Seria preciso ir mais fundo nas vísceras, abrir com as duas mãos e injetar bem no meio delas um olho de sangue, alerta e esbugalhado, entrando, entrando, entrando. Sabia também como tinha sido, conhecia os traços e os rastros, os avisos todos, quem quisesse saberia. Mas quando? Se há seis mil ou há vinte e cinco anos, se em 2013 antes ou depois de Cristo. Queria ter certeza, localizar, marcar, deixar registrado. *Foi descoberto o ano. O dia e a hora. Foi assim. A Terra estava sem forma e vazia; havia trevas sobre a face do abismo.*

E o ônibus lhe interrompeu, uma vez mais, com um frear brusco, e era como se o baú tremulasse em seus metais, e a máquina tivesse medo. Então tudo ficou quieto, imerso em um silêncio que era muito e por isso soava insuportável, e nenhuma cabeça se ergueu nos assentos à frente. Quando chamaram, todos desceram, era imperativo. O motorista disse em tom baixo: *É apenas a Prova da Noite*, ao que todos pareceram se tranquilizar.

Do lado de fora fazia frio e os policiais tinham companhia. Vinham com um grupo de homens de terno e gravata, cerca de quatro ou cinco, eles traziam as mãos fechadas próximas ao peito, como se rezassem, e vinham devagar. Os passageiros formaram fileira ao largo do ônibus e os homens chegavam até eles, um a um, com as mãos cerradas em cesto.

Ofereciam pequenos pássaros, que cada boca ia aceitando como hóstia. Impassível, pois a barbárie demanda que de vez em quando se finja isto e aquilo, para poder sobreviver, que se finja ser bárbaro e que bárbaro se seja, Eva arreganhou a boca, na sua hora de comer, para que o grotesco acabasse logo. Mas o olho do animal esteve muito próximo do seu, por um segundo apenas.

Tinha ouvido da mãe, uma vez, sobre como os presságios da chegada dos espanhóis se deram entre os astecas, poucos anos antes da conquista. Um presságio veio na forma de bicho, quando os vassalos de Montezuma retiraram de um lago, com uma rede, um gigantesco e desconhecido pássaro cinza. A ave-monstro tinha a cabeça adornada por uma tiara magnífica, uma joia que ostentava um nicho no centro, emoldurando um espelho no lugar de uma gema. E, quando a levaram a Montezuma e Montezuma inclinou-se para olhar o espelho, ele viu a constelação de Gêmeos e seu lento movimento. Mas isso é o que contaram os espanhóis.

Estranho cinema. Dentro do olho do pardal, Eva viu ou pensou ter visto, imaginou ou de fato viu: Elena e descomunais ruínas. E antes de morder as penas e de cravar a carne e de esmigalhar os ossos, enquanto a ave lhe pendia da boca como um enxerto vazando de uma almofada, um dos policiais disse, lendo seu nome e seu sobrenome de um papel afixado em uma prancheta:

Por favor, nos acompanhe.

De dentro da viatura, ela viu o ônibus partir e desaparecer na escuridão. Ele levava o material da sua palestra, que não mais aconteceria, afinal, ela avaliou, olhando para luzes distantes além da estrada vazia. Quando o carro foi posto em movimento, ela não olhou em direção ao motorista, não olhou para o colega dele, que ia no banco do passageiro e tinha o rosto voltado para ela. Eva seguia firme procurando as luzes no horizonte, os ciscos vacilantes das cidades, as constelações acima, qual é Gêmeos? E limpava da boca um resto de sangue.

Suponho que não queira falar de arte agora, soltou o policial que ia no banco do passageiro, entre dentes de debochar e recitar fragmentos bíblicos. Entre dentes de ruminar o corpo do Messias: *Ué. Quando foi que o gato mordeu sua língua?*

Os dois riram, os da frente, e atrás ela olhou para cima. Vinham claras: as linhas das gravuras renascentistas vinham claras, todas as figuras e os significados, as dimensões e as simbologias. A gravura de Dürer trazia a inscrição que ela agora vislumbrava na noite, *é sempre difícil entender que é noite em uma gravura*, agora ela entendia, imaginava a inscrição, a via por tudo: MELENCOLIA 1, palavras em caixa alta, sobre uma flâmula, bandeirola esfarrapada que uma besta com feições de morcego exibia orgulhosa e desafiadora, voejando.

TRÍADE

Ali tem algo. Disse Um. Sua voz era lenta e baixa. Dois e Três estavam em estado de alerta, à beira da estrada, escuridão.

Aproximaram-se do carro. Três ao lado da janela do motorista, Dois ao lado da janela do passageiro. Um de frente para o capô. Olhavam. Um homem de cerca de sessenta e um jovem em torno de seus vinte, vinte e um. O jovem tapava uma narina com o dedo indicador, inclinava a cabeça e a narina livre sugava alguma coisa que se destacava branca no escuro. O homem mais velho o examinava com ansiedade.

Um saiu da frente do carro, retornou ao seu posto de antes, perto do mato que crescia alto. Dois e Três o seguiram, semblantes questionadores.

Não vale a pena. Um respondeu. *Mais do mesmo.*

Vamos ficar aqui a noite toda? Dois voltou-se para Um, sussurro respeitoso.

Se quiser, fique à vontade. Um respondeu, a voz melodiosa, arrastada. Voz que não disfarçava uma imposição ardilosa, que era desafio e vontade de jogar com o outro. Dois permaneceu em silêncio. Três se alvoroçou quando o carro deu partida, arrancando com velocidade de grito.

Moveu-se sobre o asfalto até o ponto onde o carro estivera parado. Quando retornou mostrou aos outros um papel que o motorista tinha atirado pela janela. Um tomou o papel para si, farejando nele alguma atividade imaterial de vibração curiosa. Deslizou o vazio que saía das próprias mangas sobre as letras em itálico.

Congresso da Melancolia.

Congresso. Repetiu Dois.

Às nove horas.

Nove. Ecoou Dois, agudo.

Eles se olharam, inquisidores. Três parecia não ter certeza. Algo no mato lhe atraía, algo para os lados aonde tinha ido o carro. Isso era o que dizia seu ombro direito e a inclinação de seu queixo. Arriscou, esperançoso:

Talvez algo interessante para lá, onde não há luzes?

O quê? Perguntou Dois, chegando perto de Um, como se fizesse uma denúncia contra aquele que vacilava.

Um apontava para as luzes distantes, na direção oposta à sugerida por Três. Ergueu o panfleto para que Três o visse bem. A voz era doce e traiçoeira:

Se não quiser, não vá, companheiro.

Dois soltou um riso carcomido, que saía metade pela garganta, metade pelo nariz.

Se não quiser, não vá. Reproduziu, sôfrego, saboreando a repetição.

Um saiu à frente, volitando resoluto. Dois imediatamente o seguiu, escuridão enevoada. Três lançou um último movimento de dúvida para o matagal, quem sabe vinha um grito bem de longe, um *flash* de fotografia, ou eram os disparos de luz e som uma provocação do seu desejo? Babava de vontade. Por fim, resignou-se e decidiu tomar velocidade para alcançar os outros.

Há coisas mais divertidas do que sangue, meu caro. Disse Um, à frente, em resposta à sua hesitação.

Mais divertidas do que sangue, ecoou Dois, mas sua cópia tinha entonação de pergunta genuína de criança.

Aprendam a deixar para trás os outros séculos. Repreendeu Um, grave. Suspendeu o movimento. Os outros tiveram que parar abruptamente, atrás dele. Por um instante as figuras se amalgamaram como fumaças, uma mescla de véus e emanações menos matéricas, trançadas. Estavam no alto de um barranco pedregoso, de sarças enredadas. O matagal se atiçava. *Pronto.* Um fez sinal para que os outros olhassem o que havia adiante. Como sempre, viam todas as coisas embaçadas, as luzes ao longe lhes pareciam tremulações de fogo-fátuo. Um estalou a língua. *Regozijem-se. Este século tem delícias. Ah. Tem, sim.*

Um. Dois. Três. Começaram a descer em direção à cidade. Um galo cantou, sem mistério. A madrugada se dissipava.

AUTORRETRATO

PEDRA DE MONTEZUMA

Pois que, Montezuma, naquele tempo, vendo-se ante as tribulações da chegada dos espanhóis, ainda na feição da profecia, mandou que vasculhassem a nação em busca de uma nova pedra sacrificial para os rituais de esfolamento. Os deuses andavam insatisfeitos, tinham gana, demonstravam sua ira por meio da natureza ou das traições humanas. Era por isso que a cidade de Tenochtitlán se encontrava à mercê das agonias do rei, torturado dia e noite pelos prodígios sucessivos que os mágicos e sacerdotes anunciavam, lendo nos céus e por meio de visões e sonhos os sinais de grande transformação.

E os tenochcas encontraram a pedra, numa colina alta na província de Chalco, uma pedra monumental que demandou a ajuda de centenas de homens de cidades confederadas para que fosse retirada de lá. Foram feitos esforços ao limite das capacidades físicas, e então foram feitas conjurações e entoados cânticos, aspersões rituais e marcações mágicas. Só assim a pedra obstinada cedeu e foi arrastada, com alavancas e cordas, por estradas e aldeias. Mas as cordas se rompiam, sucessivamente, as alavancas emperravam, sem trégua, e as gentes de províncias diversas e de cidades aliadas a Montezuma já se encontravam à beira da desistência. E a pedra disse, de voz própria e contundente, a pedra disse não querer ir a Tenochtitlán. Iria, se fosse o caso, até onde lhe aprouvesse. Era seu direito não ir. O rei, ao saber da teimosia da pedra e ao ser informado de suas palavras, em princípio não acreditou na história dos mensageiros e mandou que fossem sacrificados.

Enquanto isso, a pedra insistia em se pronunciar, a cada tentativa fracassada de demovê-la de onde estava, a meio do caminho para a capital mexica.

Será um mau sinal se eu chegar a Tenochtitlán. Não devo estar presente para assistir à catástrofe. Digam ao seu senhor Montezuma que já é tarde, o que acontecerá com o povo dele está posto e é destruição. Foi mais ou menos isso o que disse a pedra. E depois, vendo que os homens, ameaçados por Montezuma, não se conformavam em ser vencidos naquele empreendimento, deixou-se a pedra finalmente arrastar com facilidade.

Diante de Tenochtitlán, a pedra encontrou os festejos do povo. Foi recebida com incensos e cantoria, oferendas e sacrifícios. E ordenou-se que conduzissem a pedra por uma ponte de vigas grossas e maciças, disposta sobre um canal profundo, a fim de que a pedra entrasse pela porta principal da cidade. A pedra aquiesceu e seguiu, levada pelo cortejo, o rumo imposto por Montezuma. No meio da travessia, no entanto, foi ouvido por grande número de gente o estertor da madeira ao ser arrebentada. A grande pedra tinha desabado sobre o canal profundo, levando consigo dezenas de homens.

Em fúria e incredulidade, nem mesmo diante dessa tragédia quis Montezuma desistir da pedra. Mandou mergulhadores com cordas para encontrá-la no leito do canal e trazê-la de volta à superfície. A pedra haveria de cumprir o desígnio que tinha sido, por ele, descendente dos deuses, determinado. Mas os mergulhadores retornaram sem nada. Não a encontraram no fundo do canal. Tendo vasculhado por todos os lados, verificaram que ela já não estava naquelas águas.

Alguns dias depois, chegou notícia do paradeiro da pedra. E Montezuma ficou sabendo que, em verdade, ela repousava em seu lugar de origem, ainda coberta de oferendas, ainda manchada do sangue dos sacrifícios.

E uma mulher, no século vinte e um, tendo organizado alguns itens pessoais em uma pequena mala, e tendo tomado o caminho de um aeroporto e lá chegado, e tendo entrado pelo portão de embarque, andado alguns passos dentro do corredor móvel que conectava o prédio a uma aeronave, de repente dava as costas e fazia o caminho inverso.

Naquela manhã de sol obstinado em janelas sujas de carros e ônibus, a mulher atravessou a cidade com o pensamento voltado a uma viagem que tinha feito há anos. Fotografou, então, as colinas e os montes, rondeou os vulcões do Vale do México, andando principalmente pelos arredores do município de Chalco, em busca de uma pedra monumental que correspondesse ao descrito nos relatos astecas da Conquista.

Tinha escrito, há poucos dias, sobre essas fotografias. Escreveu também sobre as ilustrações dos manuscritos mexicanos de antes e de poucos anos após a invasão dos espanhóis. Era o seu tema para a palestra do congresso, alguma coisa oscilante entre a arqueologia e o mito, entre a história monumental e o fenômeno poético primitivo que lhe impelia a manusear uma câmera. Agora não conseguia fazer sentido de tudo aquilo. Não é isso, pensava, relendo suas anotações e reflexões escritas no computador. Não é isso. E antes mesmo que o táxi parasse na frente do edifício, ela se disse, uma confissão há muito protelada: *eu gostaria de fazer outra coisa.*

Ao chegar em casa, viu-se no espelho oval do outro lado da sala, como quem não esperava se ver, por entre flores e folhagens meio murchas, amareladas. Tomada de assalto pela própria imagem, de mala na mão. Tirou a câmera portátil da mala e apontou para o espelho. Mais tarde escreveu sobre o espaço em branco da polaroid: *Pedra de Montezuma.* Datou a foto e a escondeu entre as páginas de um livro volumoso que trazia os códices astecas.

ANGST

Sob o sol, deitados sobre toalhas, deitados sobre pedra molhada, assumindo a morosidade, o sumo sonolento da tarde. Corpos de betume, corpos de cinábrio, e, entre eles, figuras de ectoplasma, costas de rebater o branco. Ele olhava a certa distância, nada era muito longe e nada parecia perto, fazia a leitura da cor só para registro íntimo. Sungas multicoloridas, listras nas sungas, rugosidades, texturas, superfícies lisas, volumes. Pequenas montanhas, vau e vale.

Eram cinco ou seis, deitados, o sol nas pedras, nas omoplatas, os cristais de quartzo despontando da terra como perfuração da beleza. Lá adiante, a cascata, a correnteza turbilhonante, o trovejar da água, coisa de eternidade, e aqui e ali espelhos, pequenas piscinas entre as rochas, lisuras e arranhados, ímãs geológicos para joelhos descuidados, para pernas aflitas, para fricções debaixo d'água. Dois se levantaram, retesamento, pulsação de panturrilhas, viscosidade, lustro, todos os poros mancomunados com a força, a recomposição dos músculos depois do descanso.

Ele olhava, agachado, sentindo o incômodo percorrer a espinha. Tinha as pernas fracas e se chamava Anselmo. Alguém dizia: *entra na água, Anselmo!* E ele fazia o gesto que comunicava: passo. Há pouco estavam todos, os seis ou sete, se ele pudesse ser contado, abrindo latas quentes de cerveja e rindo com voz grave, de cavernas aquáticas. Será que tinha cavernas ali, lá pelas veredas rochosas, avançando na mata? A água caía, ininterrupto estrondo, e seguia angulosa, desvios e desvios, vias de pedra, e ia levando as horas.

Tarde quente e avermelhada, Anselmo fechava os olhos para se desviar dos colegas, da visão dos colegas, dos risos de quartzo e do multicolorido das sungas. Tinham vindo juntos, tinham atravessado a pé a cidade, pequeno cravar de casas do século dezoito sobre um vale, terra vermelha, poeira e fachadas, tudo silencioso como deve ser a sesta. E iam juntos, os meninos da cidade com os meninos forasteiros, os meninos da rua da beira do rio e os universitários, todos compromissados com a própria idade, os últimos mais ou menos compromissados com o estudo das artes, todos de algum modo aficionados pelas mesmas imagens. Pegaram a estradinha de terra para a cachoeira, o rio também era vermelho, também as pedras se avermelhavam, carecas, e quando a água se levantava e as lambia era como se o rio estivesse numa lida, como se dissesse *tira, tira*, mas nada remove sangue muito antigo. *Um lugar tão pequeno e tantas igrejas, tantos museus, tanto casarão, vocês viram o chafariz? Viram o sino, os instrumentos de moer, as pias e os relicários?* E só Anselmo andava aflito, chegando à beira da água, *deveríamos estar às nove horas no congresso*. E a tarde avançava e não tinham comparecido, os três que seriam monitores, assistentes, que estavam lá por serem bons alunos, que tinham sucumbido no calor a ideias mais sensoriais e gratificantes do que podiam oferecer os professores e palestrantes num auditório gelado de ar-condicionado, num semiescuro de carpete e ácaros, de luz de projetor de imagens.

A gente vai se foder, pessoal, ele insistia, da pedra.

Quieta, bixa. Vai nada. Relaxa.

E logo depois dos sanduíches do almoço, compartilhados à sombra de um oitizeiro, ele começou a sentir o enjoo. Não disse nada, só ficou mais e mais quieto. Um dos colegas vasculhou a mochila e tirou de dentro um livro grosso.

O Lúcio desistiu oficialmente do alemão, disse o outro. *Vamos comemorar!*

E abriram as cervejas, espuma se desmanchando nas pedras quentes, escorrendo pelos tornozelos de Lúcio, espuma que se agarrava aos pelos das pernas, depois se aconchegava entre os dedos dos pés. Cheiro adocicado de álcool e suor, Anselmo buscava o cheiro, era difícil não ceder ao enjoo, mas era mais difícil não olhar para Lúcio. Seria penoso cancelar o sobrevoo da visão sobre o corpo de Lúcio, daquele seu posto privilegiado, um pouco acima dos demais, no desnível das pedras. Ondulava sobre a curva do pescoço de Lúcio: o osso que saltava do ombro, o arredondado que encimava o braço, os músculos todos, sempre em pulsação estranha sob os pelos pretos, invisível e adivinhável, como se o corpo fosse tomado de sobressaltos apenas por ter muita juventude. E por mais que Anselmo tivesse a mesma idade que eles, sentia-se velho como a pedra onde estava sentado. Tinha olhado para dentro da máquina de moer enferrujada no mercado público e visto um escuro, um escuro vermelho e espiralante, que poderia ser ativado. Se tivesse se demorado mais, talvez a máquina o tivesse tragado. Naquela cidade sentia que o seu corpo era chamado pelas paredes das fachadas, pelas esquadras das janelas, pelos batentes das portas, andava sacolejado, em descompasso, os pedregulhos pontiagudos do calçamento o puxavam, o campanário o seduzia para uma ascensão irrecusável antes da queda, as igrejas coloniais são baixas, de frontão arredondado, mas o cair é mais brutal sobre chão de pedra antiga, feito para machucar pés, quebrar costas, para empenar rodas e entortar cavalos.

Uma palavra em alemão para cada um. Esse é o jogo. Lúcio destacava páginas do dicionário de alemão, folhas amareladas que o sol furava. *Anselmo! A do Anselmo tá aqui.* Angst. *Vejamos.* "Angst*: medo, temor, ansiedade. Termo usado para descrever um conflito intenso. O termo* angst *diferencia-se da palavra* furcht, *que se refere normalmente a uma ameaça material, enquanto* angst *normalmente é uma emoção não direcional.*" *Combinou, não combinou?*

Rumorejar de quartzo, vozes de cavernas, gotejantes ecos. A veia no pescoço de Lúcio. Os joelhos geométricos de Lúcio se elevando para o azul calcinado, as coxas de uma rigidez de estátua. E os tantos pelos. Juncos na ventania. Ver os ângulos possíveis para se ver Lúcio.

Depois, eles se jogaram na água. Anselmo tentava ficar em pé. Parecia que o estômago queria pedir passagem, queria se emaranhar na caixa torácica. A página arrancada do dicionário ia ficando empapada na superfície da água, estava presa em um espelho ovalado de pedra e ia submergir a qualquer momento. Ele ficou olhando, maturando o tempo de olhar. O que se revolvia no estômago vinha. Agachou-se em direção ao espelho, somente quando a folha já tinha sucumbido, e expeliu da garganta, sem ruído, uma coisa terrosa e quente, uma coisa carnuda que a água quis. Um peixinho passava. Os outros não viram e ele permanecia inclinado, a água se cansava de vibrar e se aquietava, lhe devolvendo o rosto. Um rosto com um peixe sobreposto.

Sentiu respingos gelados sobre as costas, depois uma presença morna, fazendo sombra.

Tá tudo bem?

Olhou para o corpo de Lúcio, de baixo. O amigo se sentou ao seu lado, a mão do amigo em concha sobre o seu ombro, o braço de Lúcio lhe envolvia as omoplatas, o corpo de Anselmo fazia força para não ceder ao próprio peso. Voltou o rosto para ele, estavam muito próximos, sobrancelhas negras, eram sobrancelhas-ímãs, tinha algo entre elas que catalisava, que fazia força, que fazia se querer algum tipo de ruína.

Eu vou morrer, Lúcio.

Princípio de brilho de quartzo, rompido, barulho que se retém, que recua até o ponto da sombra.

Que é isso... Não. Não vai, não. A mão deslizando sobre as costas, retornando ao ombro, convicta, pele de amaciar coisa convexa, pedra pontuda. *Vai ficar tudo bem.*

Anselmo lhe beijou o pescoço, a veia pululante, irrupção que se adiava, que se adiava, que iria romper depois, depois. Lúcio fechou os olhos, enquanto via em escarlate, sob as pálpebras. As sobrancelhas desciam, os lábios mostravam passagens. Ranhuras, veios. Os outros voltaram, em aspersões múltiplas, milhões de gotas atiradas dos músculos, tudo se refletia e se refratava, era preciso levar a mão à testa para fazer aba, para poder ver, apertando os olhos.

Cabeça d'água. Avisaram.

A minha palavra é schnabeltier, disse um deles, e traduziu: *ornitorrinco.*

Arrumavam as mochilas, calçavam tênis.

Vem tempestade.

Anselmo olhou para trás, protegido pela copa do oitizeiro, enquanto os ventos se arregimentavam. Fazia esforço para divisar algo no espelho d'água por onde tinha olhado.

A gente continua, disse Lúcio, baixinho, antes de começar a caminhada. Anselmo se esgueirou para fora da sombra, devagar, e o outro seguia em frente, adiante, de costas. Anselmo caminhava e as pernas eram fracas. Fez menção de dizer alguma coisa, de pedir alguma coisa, chegou a fazer um sinal com a mão, mas a água berrava sobre as pedras e a sua voz se perdia, afogada.

STARLINK

A varanda crepitava sob os pés dela, uma senhora. Tarde indo. E o calor sonolento também ia descendo, acomodando-se nas sombras atrás do galpão, retornando para a terra vermelha. Nenhuma casa à vista, nenhum rastro humano, por onde se olhasse era o sépia tomando o verde, e no horizonte o rosa entontecido perdendo existência. Um capuz brocado de fagulhas minúsculas ia vestindo o mundo.

Ela pensava na negação. Estava feito. Tinha respondido ao e-mail do convite. "Prezada Professora Doutora, é com grande prazer que gostaríamos de convidá-la para a edição..." Agora não se lembrava, tinha lido tudo tão rápido, e o nome do congresso tinha apagado para a compreensão dela os números, cancelado as datas, a informação do local, todos os pormenores. Era a primeira edição do congresso, era a trigésima segunda? *Congresso da Melancolia*. Queria ter escrito: me chamem quando forem fazer o Congresso da Merda. Mas em vez disso vasculhou dentro de si, consultou a professora doutora, aquela que tinha sido, um dia, ou aquele papel que tinha uma vez desempenhado. E de fato encontrou algum rastro de polidez para usar. Havia sido possível apanhar algum esforço de deferência que não estava de todo esgotado. Isso foi então usado em palavras breves, resistentes à interpretação de tons e modulações, muito limpas e despretensiosas.

E agora olhava as galinhas, os bicos puxando da terra coisas que não se pareciam em nada com perguntas. E os pássaros de voo rasante lá bem longe. E os pequeninos, de voos banais, que encorpavam as árvores à medida que ficava escuro. Nenhum deles perguntava. Existências de afirmação, cravadas no agora. O retorcido do cerrado em um eterno voltar-se para si.

Era isso. Seria bom ser isso e poder afastar perguntas antigas. Uma em particular voejava ao redor dela, pergunta-morcego, disfarçada de nova, disfarçada de inofensiva. O que é, afinal, essa tal melancolia? Tinha escrito tanto sobre isso, tinha visto tanta coisa pelos museus do mundo, pelas exposições de arte, pelos ateliês, coleções, universidades. Nos livros e nos catálogos, nas ruínas de cidades antigas, antiguidade grega, antiguidade maia. Onde tinha visto isso, melancolia? Em tudo ou em nada? Em imagens, nos trabalhos de significado por trás delas, na forma, nas escolhas conscientes da composição ou nos equívocos que, contrariando sempre a perfeição, inauguravam novo tipo de beleza? Teria sido na leitura, em si?

Recentemente tinha perguntado a uma artista karajá que lhe mostrara uma boneca de cerâmica. Uma boneca que segurava no colo uma onça. *Por que ela parece triste?* E a mulher tinha respondido que as coisas se parecem mais com os nossos olhos do que com elas próprias. Talvez não existisse iconografia da melancolia. Talvez não fosse possível exprimi-la. Que palavra é essa? Existe o sentido exato dela, já foi inventado? São as letras que mostram, é o seu invólucro de alfabeto que pede disposição para o olho, que revela fechaduras de sombras e nos solicita as chaves? Ou se imprimiram nessas letras, herdeiras pictóricas, as imagens do que não está na linguagem, nem nunca esteve, nem poderia estar? Seria isto, um vão indecifrável na palavra? Dizer e mostrar. Tentativas canhestras de estofar um pombo com o espírito de uma divindade.

As perguntas seguiam, circunscrição do semblante dela num alpendre no fim do mundo. A atávica melancolia das ruínas. Será que nos aquedutos mais antigos fluiu a bile negra? A saturnina melancolia do Renascimento. Será que as revoluções lentas do planeta do tempo atacaram os ânimos dos artistas, naquele período, em particular? As gravuras, os emblemas, que metais pesados se conjuraram em suas prensas?

Bobagens, disse em voz alta, e os morcegos começaram a se dissolver, em retraimento, porque o mistério estava ofendido.

De repente, o sobressalto. Coisas extraordinárias vinham do horizonte. Primeiro uma tríade, uma tríade de luzes. Depois outra e outra, fileira de estrelas em movimento, atravessando os céus, alinhadas, militares. Ficou olhando a obstinação metálica, sua luminescência. O crepitar das tábuas do assoalho velho lhe atentava para o peso do próprio corpo, fazia questão. Era contraste com o que o os olhos viam e que trazia a imagem de um desfiar de rosário, um rosário cósmico.

Tirou o celular do bolso do avental, digitou entre tremores e levou o aparelho para perto do ouvido, sem perder de vista o fenômeno. Os objetos de luz azulada e estática tinham agora alcançado a metade do céu, indicavam a formação de um arco, o descer de um diadema sobre o globo.

Cleide! Minha nossa, Cleide. Cleide, olha pro céu agora. Vai lá fora, vai!

Meu Deus, Heloísa... O que é isso? Estou vendo! Será que os ET's chegaram, Heloísa? Eu nunca vi nada assim...

Nem eu.

Depois de poucos minutos, uma a uma as luzes desapareceram, iam embora sem perder o ordenamento, no horizonte. Heloísa sentia um vazio novo, coisa arrancada e que não tinha como ser reposta. Se ao menos tivesse uma televisão para ver as notícias. No dia seguinte, de manhã cedo, já teria se desprendido do absurdo, estaria de volta à banalidade, teria se acabado o maravilhamento. Cleide tinha visto a notícia na internet, e agora lhe contava, pelo telefone, como quem jamais tivesse acreditado no mistério, que se tratava da passagem dos satélites do magnata Elon Musk, chamados de *Starlink*.

Entendi, disse Heloísa. Não sabia quem era Elon Musk. Parecia nome de personagem de ficção científica. *O capitão da frota de Zeta Reticuli, Elon Musk*, disse para si mesma, fazendo uma voz grave e solene, *um exemplar de ET grey*. Ou um nome de perfume barato.

Tomou café na varanda, sentindo o estalar do assoalho a perturbar o tampo da mesa. A vibração desinteressada das coisas naturais. Os satélites *Starlink* não saíam da sua cabeça, diadema de engodo e consternação.

Maldito Elon Musk, disse baixinho. Sentia-se enganada e profundamente ingênua sobre todas as coisas. *Maldita melancolia*. Bebeu um gole do café e ficou olhando para a boneca karajá repousada na estante, a onça de cerâmica aconchegada, dormindo em seu colo. A expressão da figura era um esgar paralisado, como se a artista tivesse capturado um horror que vinha de dentro, como se a boneca tivesse visto o que não deveria, como se tivesse tomado, em lampejo, um vibrar de compreensão.

NATUREZA-MORTA

A SOMBRA DO MOINHO SOBRE O JOIO E O TRIGO

Vejam *bem*. Eu sou a reprodução de uma pintura e meu nome é *Holandesinha Colhendo Trigo com Moinho ao Fundo em Zaanse Schans*. Não confundam minha casa com esse nome que quase certamente lhes parece estranho e que de repente os faz pensar, como eu penso, em palavras brasileiras e portuguesas como "zanzar" e "chance". Fui feita na China e não consigo imaginar como é Zaanse Schans, ou todo o resto da Holanda, para além desta paisagem idílica que mostro, a contragosto, em tons pastéis.

Minha casa mesmo é este retângulo de madeira crua, com veios marrons claros que serpenteiam pelas quinas, dois centímetros de profundidade, superfície de vidro que impede a entrada de coisas como poeira e, bem, o ar. Ah, como eu queria saber como é o ar. Zaanse Schans. Zanzar, estar à sorte. Engraçado. Pensar em zanzar, ter algo como uma chance, de qualquer coisa, qualquer rompante, neste confinamento meu de sempre. Alguma chance de que o humano que de vez em quando zanza por este corredor me olhe, hoje, me veja *bem*?

Quando ele me olhou melhor: era o dia da minha chegada. Ele me tirou do assento traseiro do carro, me agarrou com suas mãos manchadas, de pele fina e quase transparente, a minha quina superior esquerda roçando o pescoço anfíbio, eu me empapando de suor alheio. Assim fui sendo levada, dentro do elevador, ele arfante, eu... olhando-nos pelo espelho. Era um homem que chorava, eu me intrigava pelo choro, o líquido do choro me percorria por um canto, em busca dos vincos, meus despenhadeiros.

Eu sonho com a água, sabia? Nesta paisagem que carrego, onde o rio não aparece, há um rio. Se desse para vocês verem, para além da margem, do limite do *passe-partout*, a água correndo e abrindo a terra, ancestral e escura... Eu escuto. O tempo todo eu escuto a correnteza. Mas é de eternamente escutar a imitação que o desejo da correnteza real me atormenta. Que me atirassem de uma ponte, que sonho... Eu sentiria a água intumescendo a madeira, os veios todos se abrindo e irrompendo por dentro, pela carne da moldura, a água vertendo por frestas para encharcar o papel, a holandesinha se desintegrando, se desintegrando, junto com o moinho e o trigal, o céu da cor do tédio e da ânsia, essas duas coisas tão humanas, se embebendo de água barrenta, pequenos girinos povoando a minha redoma, até crescerem e estourarem o vidro. E eu serei matéria apodrecida, chumaço aquarelado, até o desaparecimento completo da cor, até que meus restos se tenham depositado no leito arenoso, todo o peso do rio por cima, e o barulho... O barulho da água corrente sobre a minha cabeça, a água ao redor de mim, em passagem... Porque era melhor virar nada dentro da natureza abstrata, essa cheia de coisas que vocês nomeiam por falência de outras formas de dizer, do que ser para sempre representação do humano e de suas paisagens, suas máquinas de domar pureza, de extrair alimento, de significar mostrando, de metaforizar o desencanto, esvaziando-o, idealização e mediocridade.

Mas eu dizia da água salgada escorrendo pelas têmporas desse homem, vertendo também dos olhos desse ser que, há cerca de três anos, é meu proprietário. Parece que até hoje tem resquício de sal sobre o vidro, se eu fizer esforço posso ver os grãos microscópicos colados à superfície, mas tenho uma aversão que não entendo e não quero. Pois bem, foi naquele dia da minha chegada que ele repetiu o nome que me deram antes: *Holandesinha Colhendo Trigo com Moinho ao Fundo em Zaanse Schans.* O nome que a filha incitou uma vez por meio de perguntas e que ele tirou da imaginação, ou da memória de uma viagem. Talvez porque esse homem tenha sido um professor de arte, um professor de imagens. E desde então, dependente da fabulação de um homem e do olhar complacente de uma criança que escuta e crê, eu acabei me convencendo de que isto aqui no meu peito é: uma holandesinha em um lugar chamado Zaanse Schans. Ele deve ter seus motivos para ter me dado essas qualificações, e que seja: que isto que eu não sou me nomeie, que isto que eu mostro a contragosto me descreva. Só não perdoo a ele o meu destino. Um dia ele me tirou da outra casa e me pendurou nesta parede de corredor, onde não entra muita luz e onde nada acontece.

Era melhor antes, na casa onde ele tinha uma filha. Eu ficava no quarto da filha, e suas histórias tolas ao menos me revestiam de possibilidades. *A holandesinha está indo para a floresta, ela vai visitar a vovó, mamãe?* E aquela mulher que era a mãe respondia qualquer coisa, que sim, simplesmente, em seus dias de movimentos lentos e olhos viajantes. Quando estava mais sombria, a mulher não dizia nada. Apagava a luz do quarto e fazia retroceder no escuro a própria presença. Mas tinha dias em que a mulher como que se iluminava e encantava a criança com ideias sobre a holandesinha. *Sim, ela vai visitar a vovozinha, está colhendo florzinhas do campo para levar no cesto e enfeitar a casa da vovó... Mas logo ali atrás, na floresta, tem um lobo espiando... Se você olhar bem, vai encontrar um lobo. Ele quer comer a holandesinha...*

Naquela casa, o pai quase nunca estava. Eu ouvia o choro da mãe vindo do corredor. Mas isso não importa tanto. Parecia coisa constante que o pai e a mãe se manifestassem intercaladamente no quarto da criança, fosse para dar um beijo de boa noite e contar uma história, fosse para acordá-la de manhã cedo. O estranho veio a seguir, quando levaram a menina e nunca mais a trouxeram. Naquela noite ambos vieram para dentro do quarto, acenderam a luz e se jogaram sobre a cama pequena. Enquanto choravam fiquei ouvindo, prestando atenção no barulho do meu rio. Os humanos me produzem estranheza quando choram. Não sei direito o que fazem com as coisas que se decompõem, com o que morre. O que para mim seria a liberdade parece que em vocês inflige tristeza e ira.

Dias depois ele me botou no carro e eu vim parar aqui. Nesses anos, sozinha com o homem, aprendi a ansiedade.

E se ele sair e nunca mais voltar, e se ele me deixar aqui, tendo fechado atrás de si a porta? Com que forças vou me sacudir junto a essa parede, fazê-la estremecer até que a minha alça se solte do prego e eu despenque? E qual além eu encontraria, fadada ao piso de ardósia? Quanto tempo, até reabrirem a casa, até esvaziarem tudo e lembrarem de me levar também? Para onde?

Uma vez achei que ficaria para sempre numa casa. Era a casa de uma mulher muito velha que só falava em Deus. Eu ficava na sala, como era iluminada! Janelas grandes, escancaradas, o vento ondulando cortinas brancas de renda, a poeira subindo pelo sol...

Como era quase cega e vivia sozinha, gostava de me examinar de perto. Talvez acreditasse que assim o tempo passaria mais rápido. Talvez procurasse se lembrar de alguma coisa, talvez procurasse Deus aqui. Um dia ela aproximou o ouvido de mim e eu suspeitei que ela também escutasse o rio. E de repente se impressionou no meu vidro o reflexo, só um olho, bem lacrimoso, e narinas abertas, dedos que me deixaram impressões incômodas enquanto ela desistia de encontrar o equilíbrio para que eu não pendesse torta.

Na sala de estar dessa mulher muito velha tinha um espelho. Bem diante de mim, na outra parede. Naqueles tempos tive que conviver com a minha fisionomia. Sempre soube que a cena toda é feita de uma única personagem, afinal, anos e anos antes disso, eu já tinha me olhado em espelhos. Mas a pinturazinha humana em mim, depois chamada de holandesinha, sempre me pareceu a mais antipática das figuras. Mantém por 57 anos – é mais ou menos essa a minha idade – o ar servil e doce de mocinha do campo a colher trigo. *Ah, mas ela faz parte de você*, você pode estar argumentando, *ela é o centro do que você é, ela ocupa esse lugar de destaque e*... Sim, ela consome tudo. A relva ao fundo, a plantação em primeiro plano, o céu caramelado de fim de mundo, o moinho eternamente rodando, mas eternamente parado. Tudo isso está submisso, pelos tempos adentro, à vida sorridente da holandesinha. Tudo isso está perene e profundamente ofendido pela calmaria desta holandesinha para sempre adolescente, resoluta na sua adolescência. Nada mais triste do que essa figurinha, nada mais detestável. O pobre moinho já teria tornado louca qualquer outra representação. Mas esta é impassível em sua dissimulação, e não há de rasgar a saia e de desgrenhar os cabelos, não há de atirar longe o cesto e sair correndo com a vontade de engasgar, deitada na relva, um a um os seus quereres.

Eu espero rompantes. A velha me olhava muito, um jeito de olhar que só os mortos têm, ou os quase mortos, um olhar marulhado de sucessões de vagas, coisas avançando de um lugar remoto para a beira da íris, uma mistura de coisas segredadas e imundas e coisas pelas quais ela ansiava sem saber direito o que eram, de tanto que mudaram. Seu olho tinha a sabedoria das aranhas, sem opinião e sem qualquer rastro de ambição, uma olhação de trabalho, de fiar teia. Ela ia começar a fiar uma teia e sua vida tinha se esvaído à procura do ponto, o ponto do iniciar, o ponto de lançar o cuspe prateado para engrenar a subida, o intercalar de patas a serviço da tessitura. E ela me envolvia em sua cisma de não saber sobre mim e querer, de não desvendar as minhas coisas fugidias e apenas suspeitá-las, sem vocabulário.

E um dia ela se sentou para descascar laranja naquela sala e ali morreu, a televisão ligada em volume mínimo. Era começo de noite e o sol lutava para prolongar sua estadia, esticando uns dedos longos que chegavam magros sobre mim. O sol e eu nos acomodando cansados como cachorros feridos. Nunca quis tanto o silêncio como nos dias que se seguiram. A faca de cabo prateado rebrilhou e escureceu treze, quatorze vezes sob aquela janela, mas a mão da velha humana não soltava a faca, os cabelos forçando entrada nas tramas do bordado sobre a mesinha, o rosto cravado na toalha que ela mesma havia bordado durante meses a fio. No canal de TV evangélico, estremecimentos e anúncios de vassouras sagradas para varrer o mal de casa, vassourinhas sagradas para limpar sanitários, vassourinhas sagradas para aspergir água sagrada de rosa sagrada sobre os ombros de endemoniados. Quando finalmente chegaram, logo começaram a reclamar do cheiro, abriram a janela, correram para lá e para cá, fizeram telefonemas, e só depois, muito depois, desligaram a TV. Parecia que todos os demônios tinham ficado na sala, o fedor era tamanho, eles diziam, com uma mão tampando a boca e o nariz.

Eu quis então, se não podia ser água ou mato ou um sapo, se não podia sequer sentir o cheiro maravilhoso, eu quis ao menos ser aquela pintura. Ou melhor: uma fotografia daquilo. Ser uma foto deve ser melhor do que ser uma pintura. A fotografia é mais próxima da morte. Em sua honestidade, não finge compromisso com o incognoscível, como a pintura. Porque uma foto é sempre um olhar de esguelha para o que está morrendo, para o findo. Viver o intenso momento, o instante decisivo do mais completo desligamento. Em todos os sentidos da palavra. Ser uma morta em apodrecimento, o olho vazio se dissolvendo dentro de uma laranja, o desfazimento da fruta misturado ao desfazimento de uma pálpebra que já não era capaz de sentir medo ou de enxergar a figura ruidosa de Deus, que não precisava ser amolada pelo desdém onipresente. Eu queria ser ao menos a foto da verdade que escapara, insuspeita, e que se estendia pela sala consumando o fedor exatamente como o que era: uma afronta, um desacato à ideia que eles faziam da vida. Ao nome que lhe tinham dado, ao modo como a ela se referiam, ao que dela esperavam e exigiam, o que dela tomavam. E um dia eu poderia também, ah, como eu poderia, descobrir-me no limiar da linguagem, última hora de formar pensamento e de dizer qualquer coisa, até que sim: mistério, ter entrado na mudez natural que não é, como eles pensam, o avesso da vida. E da flor da vida, no momento em que se rompe, irrompe do caule para se abrir gordurosa e recender pelo mundo. Infelizmente eles não queriam o perfume. Eles não queriam aquele perfume que diziam nauseabundo e que lhes teria sido útil, se ao menos tivessem alguma deferência, alguma adivinhação do sagrado, como imaginação, e não visão. Teriam tocado o outro lado.

Eu, que sou apenas um quadro, abstenho-me de magnanimidade e brandura. Não tenho a obrigação da humanidade e, pelo contrário, nada almejei mais do que a dádiva de me esquecer dos homens. A sórdida holandesinha sorri enquanto eu penso nessas coisas, ri de mim e se regozija. Ai, como eu queria transportá-la para a rua lá fora, arremessá-la bem dentro do século vinte e um, que ela caísse constrangida no colo do século, com seu vestido e seu cestinho, suas tranças e sapatos. Bastaria a ela um dia, um único dia, talvez uma tarde apenas, a estar à sorte, a zanzar. Ela haveria de querer voltar correndo, a holandesinha dos Oitocentos, terror absoluto, aos prantos. Fitando o perdido moinho. *Me deixa entrar, me deixa entrar!*

Se eu estivesse preocupada em ser minimamente compreensível, diria que sou a reprodução de uma pintura de uma cena representando aquilo e aquilo e aquilo. Minha origem é misteriosa, mas sugestiva. Imagino: um pintor cujo nome desconheço montou seu cavalete num campo de trigo em Zaanse Schans. Escolheu o local por causa do moinho. A mocinha se chamava Lotte ou Sophie ou Anneke, e não era necessariamente aparvalhada e ingênua como lhe quis representar o pintor. Na verdade, aquela era a terra natal do pintor, para onde ele retornara depois de ter viajado pela Europa, sem o sucesso sonhado, as aspirações todas depositadas em um último ato de desespero sobre aquelas tintas terrosas, sobre o semblante sem graça de Lotte e a banalidade da paisagem que não seria transfigurada pela singularidade de uma luz inventada ou por algo como: a precisão de uma pincelada, o capturar de um quê. As cidades industriais o tinham rejeitado. Ele, que via se esconder no ordinário alguma coisa de grandiloquente e inexplicável, algo que tentava agarrar e que em seu íntimo suspeitava que jamais conseguiria, para ele era isso tudo o que Lotte representava, a indolência diante do moinho e de suas pás que consumiam tudo. E que o moinho não mudasse jamais, que não avançassem sobre o mundo coisas como hibridismos e vanguardas. Mas o pintor se esqueceu de que a mediocridade não era vencida com crenças e obstinações; doía-lhe imensamente reconhecer que o seu olho de artista não se engancharia jamais no mistério fugidio, e que sua mão de artista não ganharia independência, nem por um segundo.

E no fim das contas, *Holandesinha Colhendo Trigo com Moinho ao Fundo em Zaanse Schans*, o original, óleo sobre tela, 48 cm × 75 cm, não está no Rijksmuseum em Amsterdam, não está nem no Museu Zaans em Zaanse Schans. Talvez agora que o mundo todo é uma verdadeira teia vocês descubram o nome do pintor em uma busca rápida *online*, talvez ninguém nunca saiba. A mim não me importa. Sou uma impressão feita em alguma fábrica chinesa e tenho dez mil irmãs gêmeas espalhadas pelo mundo. Uma vibração do invisível. Vejam *bem*: isso não significa que eu não tenha pressentimentos e talvez alguns sentimentos-sósias, simulacros de humanidade sob o vidro. É a contento, sem antecipação ou euforia, mas com a certeza do fim do *saber das coisas* que me tornarei matéria desfeita. Que não demore. Mas se demorar, ainda assim, será.

Em certa ocasião pensei que estava prestes a... Meu primeiro proprietário foi um funcionário público que parecia gostar de se parecer com a imagem de seu título. Saía de casa com sua pasta preta e seus óculos quadrados, de lentes embaçadas, com sua calvície ostensiva e terno grande demais. Tinha me visto em uma lojinha de presentes, meio escondida entre outros quadros de paisagens, tingida de reflexos vermelhos que vinham das lanternas chinesas. Me retirou da parede com todo o cuidado, eu diria que tinha até certa reverência no modo como me conduziu ao balcão. Parecia que eu era algo visto pela primeira vez, algo capaz de torcer por dentro alguma coisa secreta num homem que lutava para não se refratar. Ali eu ainda tinha expectativas. Ainda ansiava por conhecer o mundo, por me imiscuir no humano, ainda achava que isso era possível, havia uma destinação e os eventos insuspeitos da jornada.

Esse homem era desajeitado e tímido: à noite gostava de ver novelas e chorar. Eu ficava na parede da sala de jantar, do lado de uma janela. Era um andar baixo de um prédio antigo comprimido por arranha-céus. Lá de fora vinham ruídos incessantes da avenida, buzinas e sirenes, gritos de brigas, risadas e rádio. Ele chegava do trabalho e jogava a pasta de couro sobre o sofá. Cantarolava cozinhando macarrão quando estava feliz e ficava dando tapas na perna direita e praguejando coisas inaudíveis quando não estava. Primeiro pensei que sofria de ansiedade. Tirava os óculos por um instante, apertava os olhos e pressionava a glândula pineal com o dedo indicador. Muitas noites batia na perna e gemia, inquieto, diante da televisão.

Talvez tenha passado um ano ou dois, e jamais vi qualquer outra pessoa entrar naquele apartamento. Até que, numa madrugada, ele abriu a porta e, com a respiração mais ofegante do que nunca, apareceu na sala, acompanhado de uma mulher. Ela era pequena, a mulher, mirrada como um corvo molhado, usava um casaco de lã fina, cor de chá, e tinha os cabelos alisados, pintados de louro pálido. Parecia que a erosão tinha agido por séculos para enfraquecer os tons. E se ela fosse uma pintura, eu me lembro de ter pensado, seria uma aquarela. Devo ter, de alguma maneira, chamado a sua atenção, pois dentre todas as coisas empilhadas naquela sala, sobre as paredes, sobre as estantes e sobre a mesa, foi para mim que ela olhou diretamente. E então eu percebi a semelhança. Ela era um arremedo da holandesinha. Era como se a holandesinha tivesse saltado da tela e vivido. De algum modo a imagem no quadro era menos cópia do que aquela mulher. Simulacro tristonho, rascunho, palimpsesto, foi o que pensei dela.

Então a atenção da mulher se voltou ao homem, os dois sentados no sofá, se olhando. Ela perguntou se ele estava nervoso. *Não*, ele disse, ajeitando os óculos embaçados, e eu, que conhecia sua voz de choro, fiquei atenta, captando o constrangimento, que já se instalara. *Então vamos ficar mais à vontade*, ela disse, *mas antes você me dá o combinado, OK?* E, atrapalhado, ele agitou as mãos em busca da pasta preta, que encontrou sob uma almofada. Deu à mulher o dinheiro e ficou examinando algo entre a testa e os cabelos amarelos, a boca dele se mexia, as mãos trêmulas entre as pernas, até que ela começou a lhe tirar a gravata, depois a camisa. Desabotoava com paciência e repetia: *isso, isso*, enquanto ele tentava se desvencilhar das mangas, beijava o pescoço dele e depois beijava os ombros, começou a percorrer a língua pelo peito, devagar sobre os mamilos, descendo devagar em direção ao umbigo, e então o ruído gutural, que eu não sei se era engasgo ou ódio, algo horrendo que veio da garganta dele. Ela se afastou, desconcertada, olhando para as calças do homem, o marrom da sarja escurecendo molhado abaixo do botão, em torno do zíper. Ela quis saber, enquanto ajeitava sobre os seios o casaquinho de lã: *Meu amor, que é isso? Você gozou ou se mijou?* E ele se levantou sem dizer nada, era a primeira vez que eu o via tão composto, e, enquanto ela amarelecia mais e ia se tornando sépia, ele se esgueirava sobre o corpo dela, as mãos procurando o pescoço, o peito arfando sobre uma pessoa minguante. Ele era forte, sim, ele se avermelhava todo, a força se fazia reconhecer nos músculos dos braços, as veias todas chegavam ao limite, os ossos das costas queriam passagem, rasgar a pele. Ele parecia um morcego sobre uma fruta, e ela foi ficando rosada como uma, roxa e esverdeada ao mesmo tempo, os olhos redondos e aquosos me fazem até hoje pensar que o pavor humano é uma coisa redonda, um globo, núcleo duro envolto em água e gravidade, o pavor tem a forma da terra e explode, tem a fúria telúrica nos vasos sanguíneos, que arrebentam, extravasam toda a sorte de coisas, e depois o pavor vira estático como uma bola de vidro, uma bolinha de gude, para guardar num bolso, de cor mesclada de amarelo e marrom, um pequeno suvenir que aquele homem olhava em fascínio.

E o inumano, que nada tem a ver com o não-humano, porque é reconhecimento antípoda, mostrou-se ali. Todo o corpo dele estava em modo de desumanidade. Ele operava faca e serrote, com o joelho direito ele amolecia o inerte que ele a havia tornado, com mãos firmes ele segurava pulso e cortava na altura do ombro, segurava pescoço e trinchava com dentes metálicos, ritmados, segurava pés e roía osso com seus instrumentos de ruptura. E até o meu vidro foi ficando vermelho, a técnica moderna de pintura chamada gotejamento, espirros extemporâneos que não pareciam sair dos restos da mulher, mas expelidos por uma sombra diante de mim, diretamente da boca da sombra, os dentes do escuro eram vermelhos e pontudos, saciados e lentos.

No dia seguinte, ele limpou todo o sangue. Meticuloso, calmo. Nos dias que se seguiram, saía de casa com a pasta preta e sacos de lixo pretos, voltava para casa com a pasta preta. Então houve um momento em que estremeci. Ele sugava o espaguete com molho de tomate e me olhava. Tinha recuperado a calmaria e cantarolava. Mas algo atrás dos óculos estava sujo de um escuro irreversível, era algo viscoso que se desmanchava e se desprendia, como alcatrão de hulha sobre a mesa, como se a cada piscadela ele triturasse, em cada pálpebra, pequenas pedras de betume gorduroso. Ele veio até mim, rígido, seus ossos todos rangiam e era como se ele olhasse de novo para uma mulher viva. Tirou os óculos e apertou os olhos para observar bem alguma coisa: era a holandesinha. Me arrancou da parede, querendo arrancar dali a semelhança, e despencou o próprio corpo sobre o sofá. Com a mão esquerda me segurava, buscando me acomodar em cima das almofadas, como num pedestal, um totem, e com a direita ia abrindo a braguilha da calça. Manipulava o pênis ereto em direção ao vidro, e a cabeça do pênis pulsava. Diante da holandesinha. Começou a se masturbar, e sem emitir um som sequer, enquanto esfregava com força o membro contra o vidro, ejaculou e grunhiu: *Merda! Merda, merda, merda!* E me apanhou de novo, dessa vez sem firmeza, como se tivesse nojo do que via, como se segurasse uma placenta. E então a liberdade: o arremesso janela afora, a gravidade com toda a sua gana, a minha geometria riscando o ar, em queda, em vertigem. Em direção ao fim.

Lá embaixo, para a minha surpresa, não havia fim. Nem oxigênio, nem liquefação, nada se consumia. Nem o meu vidro estava quebrado, nem a minha moldura se tinha rachado. A minha consciência não se dissolvera, afinal. Eu repousava sobre sacos de lixos, olhando a noite. O sentimento de estar intacta me causava uma mistura de frustração pelo destino, que fizera mais um desvio de curso, e apreensão pelo porvir.

Depois, uma sucessão de tempo desimportante. O rapaz que me levou para casa, limpou o meu vidro da gosma esbranquiçada, ressecada e fedorenta, e no dia seguinte me trocou por uma dose de pinga com a dona de um boteco.

Fiquei alguns anos na parede grossa, de tinta branca encrespada daquele bar, atrás do balcão, perto de uma prateleira de garrafas de cachaça de rótulos coloridos, perto de santinhos vibrantes e estatuetas de orixás, envolta em luzinhas de Natal. E um dia o bar fechou e um dos meninos que servia as mesas me quis de presente. *Isso aqui eu não sei se levo pra casa, não sei se deixo aqui pra quem quiser levar*, disse a dona do bar. E o garoto respondeu: *Tininha, me dá esse quadro. Toma, é teu.* E quando chegou em casa com o quadro ele foi logo me botando na parede da sala, que era de um azul-lavado, uma cor que a mãe dele vivia dizendo que queria mudar, que lembrava caiado de cemitério do interior. Nessa casa pareciam gostar de mim, ou do que eu mostrava, especialmente a mãe do garoto. Tinham me pendurado bem alto. Era estranho ser olhada assim. *Coisa linda, coisa mais linda, Celso*, foi o que ela disse quando me viu pela primeira vez, e deu um beijo na cabeça do rapaz. Um dia, quando não tinha mais ninguém, só a mulher limpando a casa, ela parou diante de mim e me observou por um longo tempo, de balde na mão. Trouxe o balde para perto de si, imitando a holandesinha com seu cesto de trigo. Tentava mimetizar o sorriso da holandesinha, mas não encontrava. Então exasperou-se: *ah, bobeira*. Essa mulher me mostrava para as visitas, elogiava as cores pintadas e gostava principalmente do céu de tons pastéis. *Dá uma paz na gente*. Muito tempo se passou, eu tinha aprendido a gostar das conversas daquela mulher, era alguém que realmente falava comigo e me lançava perguntas, perguntas que eu respondia muda, *será que um dia eu vou ser feliz, florzinha?*, enquanto meu rio seguia pacífico, e eu gostava até mesmo do azul-lavado das paredes.

Isso tudo já faz muito tempo. Depois que essa mulher morreu, o filho empilhou tudo, encaixotou todas as bugigangas. Fiquei algum tempo dentro de uma caixa. Sentia o escuro úmido, as baratas se aconchegavam nas minhas quinas, sorviam algum resto de coisa orgânica no meu vidro, depois o papelão foi cedendo quando gotas pesadas pingavam e secavam, pingavam e secavam. Se eu pudesse dormir, eu pensava. E um dia a luz veio, as abas do papelão se abrindo, uns braços me carregando para fora, uma porta de latão enferrujada, um teto de zinco, um tanque de lavar roupas já tombado, um quintal de mato crescido, depois a ruazinha, fileira de barracos, algumas cordas a me envolver, a garupa de uma bicicleta.

Que é isso, Celso? Disse a velha, meio amortecida, o olhar vidrado na televisãozinha, na tela um pastor se sacudia, erguia os braços; na parede ao fundo, a pintura tosca de uma pomba de asas abertas. Será que ela pensa, como eu? O pastor emulava a pomba e o seu voo prestes a, e quando a câmera se fechou em *close up* sobre ele dava para ver, atrás dos seus ombros, que os olhos na cara da pomba tinham sido desenhados à maneira de olhos de gente, não bem de gente, mas de gente de desenho animado; ela tinha sobrancelhas pretas, uma levemente mais acentuada que a outra, uma sobrancelha arqueada, era como se a câmera quisesse mostrar a expressão da pomba, como se ela escutasse o pastor e fosse surpreendida pela incredulidade, era um espírito cético, a pomba, talvez um espírito zombeteiro.

E Celso explicou que eu era um presente, que estava se desfazendo de algumas coisas. Deixou uma sacola com laranjas sobre a mesa e se despediu da velha. Depois, ficamos sozinhas por um longo tempo, até o encerramento da nossa convivência estranha, até que a velha ouviu o meu rio desabando correnteza abaixo e espiou para dentro de mim procurando por aquela água. *Que barulho é esse?* Ela repetia, a pergunta reverberando ainda, na cara morta. E então o vazio da boca foi sendo preenchido pelas moscas, e o moscaredo se levantava da cara apodrecida, se deliciava com o sumo seco pelo gume da faca que ela ainda segurava, o moscaredo voejava e se debatia contra mim, à procura da água, talvez, e talvez à procura de nada, ou da holandesinha e seu meio sorriso nauseado.

Muitos dias depois de terem levado o corpo os vivos voltaram àquela casa. E então fui parar no quarto da criança. Na casa daquele casal tinha uma fotografia da velha, uma foto em preto e branco de quando ela era jovem, em um porta-retrato arredondado e convexo, como se o vidro estivesse estufado da presença dela, se projetando para fora, querendo estourar.

Quanto a mim, os pais da criança, como já relatei, mais me inventavam do que me viam ali. E então... também a criança se dissipou, também a criança passou a ser apenas reprodução, uma imagem estática dentro de uma moldura, um lembrete eterno de um luto.

Nesta casa de agora, a mãe só esteve uma vez. Olhou para mim com ressentimento e uma vontade de não ver alguma coisa que eu lhe devolvia, algo que ela exortou com destreza ao atravessar firmemente o corredor. Eles falaram muito baixo, depois muito alto, não tinham coragem de se acusar, mas encontravam formas de fazê-lo sem o auxílio do dito. E então ela, a que tinha sido mãe, foi embora, atravessou o corredor mais rapidamente do que quando chegara.

O homem que tinha sido pai anda concentrado em coisas que escreve no computador. Há pouco falou ao telefone. *Sim, vou a um congresso. Sim. Volto no sábado.* Daqui do meu posto enxergo uma nesga de ombro que se movimenta ao ritmo da digitação. Ele acende cigarro, espreguiça-se e agora lê em voz alta:

A noção barthesiana de punctum *ilumina a ideia da prevalência contemporânea de modos de olhar dominados não por códigos formais de conduta diante das imagens, mas por afecções particulares e muitas vezes inexplicáveis, porque advindas da miscelânea de referências do mundo interior de um indivíduo.*

O punctum, *sendo algo que não está codificado, é um efeito involuntário que "parte da cena, como uma flecha, e vem me transpassar", que punge e fere num sentido de atordoamento no meio do caminho de uma experiência racional – ler uma imagem – e que não raro é provocado pela impotência de nomear. "O que posso nomear não pode, na realidade, me ferir." Mais que tudo, o* punctum *funciona como uma espécie de suplemento, segundo Barthes: "é o que acrescento à foto e que, todavia, já está nela." Como afeto espontâneo que parece vir de uma profundeza abaixo dos sedimentos do que há de construção social em nós, "o* punctum *não leva em consideração a moral ou o bom gosto." O* punctum *é uma manifestação pura de resposta às imagens, e, portanto, conceito interessante para localizarmos a melancolia como marca no cerne da constr...*

Eu me perdi na leitura. Estou pensando em mim mesma, estou olhando para dentro, em direção às pás do moinho, avanço para as sombras distantes, por trás da holandesinha. Que as pás girem. É quase uma reza diante da imobilidade eterna. Escuto o barulho da impressora. Se ao menos o rio transbordasse. E a água avançando, animação vibrátil, ilógica. Encontrar o chão com estrondo. Me debater no peito da terra. Quem sabe um dia ser devolvida à superfície e na umidade da noite perceber a corrosão, as estrelas refletidas nos cacos, e sobre os meus restos, sapos e grilos passando alertas, carregando nas papadas a grande pulsação do mundo.

Fico assim, me escutando. Quanto tempo a madeira leva para se decompor? Em quantos séculos o vidro trinca, em quantas décadas o papel se esfacela? Agora o homem atravessa o corredor, carregando uma mala. E se eu der um grito, alguém me ouve? A holandesinha se assusta? O homem bate a porta, tranca à chave. Se eu gritar com muita força, será que ele volta? Estou no escuro. Estou na escuridão e só queria ter a dádiva do sono. Dormir, dormir... e então acordar: olhos abertos no fundo do meu rio.

LÉO TAVARES

Nascido em São Gabriel, no Rio Grande do Sul, vive no Distrito Federal. É Doutor em Artes Visuais pela Universidade de Brasília. Pesquisa a relação entre a palavra e a imagem. Autor dos livros de contos Ruibarbo do deserto (Patuá, 2019) e Os Doentes em Torno da Caixa de Mesmer (Modelo de Nuvem, 2014), prêmio Contista Estreante, pela FestiPoa Literária, de Porto Alegre.

Foto: Havane Melo.

este livro foi edita-

do no outono

de 2021